CARAMBAIA

6

Max
Blecher

Corações
cicatrizados

Tradução e posfácio
Fernando Klabin

APRESENTAÇÃO DO AUTOR
Berck, a cidade dos malditos
7

CORAÇÕES CICATRIZADOS
17

POSFÁCIO
Fernando Klabin
211

Apresentação
Berck, a cidade
dos malditos

Na estrada de ferro Paris-Boulogne há uma estação onde todos os trens ficam parados um minuto a mais. Trata-se de Rang-du-Fliers, estação ferroviária de ligação com Berck.

O viajante desprevenido, que esfrega os olhos sonolentos antes de lançar um olhar pela janela do vagão, vê-se, de súbito, diante de um pesadelo.

Acostumado a assistir, em todas as estações, ao conhecidíssimo vaivém dos passageiros que sobem e descem apressados as escadas do trem, ali ele pode observar os enfermeiros e carregadores retirando de dentro dos vagões, com precauções infinitas, macas com doentes cadavéricos. Aleijados andando de muleta e raquíticos desesperadamente agarrados ao braço firme do acompanhante. São os peregrinos de Berck, cidade-sanatório, a cidade mais impressionante do mundo. Meca da tuberculose óssea.

Toda essa gente se senta num trem tão pequeno que parece de brinquedo, com uma locomotiva que mais se assemelha a um camelo e que se põe vagarosamente em movimento, ofega ruidosa e solta muita fumaça – fumaça demais para os meros 5 quilômetros que percorre. É o famoso *tortillard*, o trenzinho rumo a Berck, sempre abarrotado de doentes e seus familiares.

Durante o trajeto, só se fala, é claro, de doença, doentes, curas e tratamentos. Discute-se, creio eu, nesse trenzinho, mais patologia do que em todas as academias de medicina juntas.

O viajante previamente iniciado, consciente de que em Berck jazem 5 mil doentes engessados, anseia ver, por toda parte, desde os primeiros momentos em que penetra na cidade, sinais reveladores dessa singular e triste característica. Fica bastante admirado ao desembarcar numa cidadezinha de interior banal, com uma *Avenue de la Gare* [Avenida da Estação] idêntica à de todas as cidadezinhas interioranas francesas, com uma rua comercial banal, com gente andando atrás de dinheiro como em qualquer outro lugar, com casas antigas e fora de moda que, de longe, exalam mofo e ar viciado.

O contato com a verdadeira fisionomia de Berck se dá, porém, bruscamente, numa esquina qualquer, no momento em que surge a primeira charrete de doente. A impressão que se tem é estupeficante.

Imaginem uma espécie de landau retangular, dotado de um toldo na parte traseira, uma espécie de baú, uma espécie de barco sobre rodas em que uma pessoa fica deitada, enfaixada em cobertores, e que conduz o cavalo. Achariam talvez que se tratasse de alguém sentado muitíssimo inclinado numa charrete, numa posição confortável e de certo modo normal. Não. O doente está completamente deitado numa moldura de madeira instalada na charrete, e olha estritamente para cima e para nenhum outro lugar. Não vira a cabeça para a direita nem para a esquerda, não a ergue, não a move: olha fixamente para cima, para um espelho preso num suporte que pode ser movido em todas as direções. A charrete anda para a frente, vira uma esquina, evita uma criança, para diante de uma loja, e seu condutor mantém o tempo todo o olhar perdido nas alturas, enquanto as mãos puxam as rédeas para um lado e para o outro com os mesmos gestos do cego que avança nas próprias trevas. Na fixidez desse olhar para o espelho algo triste e irreal, há algo que de fato se assemelha ao andar dos cegos que tateiam febris a calçada com a bengala, enquanto seus olhos brancos fitam vagos o indefinido.

O doente da charrete, porém, está vestido direitinho, de paletó aberto, gravata, lenço branco no bolso superior e luvas.

Quem seria capaz de imaginar que, sob a camisa, ele estaria usando uma carapaça de gesso, verdadeira armadilha hermética sob medida, cota de malha rígida e branca, que, talvez, não tenha sido removida nos últimos três meses?

ALGO SOBRE O GESSO

... Pois Berck é a cidade da imobilidade e do gesso. Aqui chegam, de todos os cantos do mundo, ossos quebrados e roídos para serem endireitados e consolidados. Gibosidades que deformam a coluna vertebral em ondulações serpentinas, articulações destramadas, vértebras cariadas, dedos retorcidos, cotovelos deslocados, pernas tortas – todos confiam no milagre do gesso. O gesso fixa, endireita, solda. Em Berck, o gesso é a matéria-prima típica da cidade, assim como o aço em Creuzot, o carvão em Liverpool e o petróleo em Baku.

Há gessos que apertam só um dedo e outros que embrulham o corpo todo. Há gessos que se parecem com calhas, dos quais o doente sai quando quer, e outros fechados hermeticamente, que revestem o corpo meses a fio. Esses são os mais terríveis. Além do suplício do gesso que seca diretamente no corpo enquanto o doente jaz por três dias numa espécie de lodaçal frio e opressor, ele ainda deverá sofrer, ao longo de alguns meses, a tortura da impossibilidade de se lavar. Como é fácil compreender, forma-se sobre a pele, nesse meio-tempo, uma grossa camada de sujeira que a irrita com pruridos e coceiras infernais. Tais gessos fechados, hoje em dia são, porém, cada vez mais raros.

UMA CIDADE HORIZONTAL

Num guia em formato de brochura que pode ser comprado na primeira livraria que lhes apareça na frente, lê-se que Berck ocupa, no litoral do canal da Mancha, uma posição perfeitamente excepcional, graças ao golfo de Authie, que dirige as correntes marinhas de um modo favorável à localidade.

Pode-se ainda descobrir que, em Berck, o ar é formidavelmente limpo, extraordinariamente puro, o ar mais puro do mundo, com apenas quatro bactérias por metro cúbico, enquanto o ar de Paris contém mais de 900 mil bactérias para o mesmo volume. Para um doente que vai em busca de saúde e sabe que terá de ficar anos a fio em Berck, o índice não é nada desprovido de importância.

Posso afirmar, contudo, que nenhum, absolutamente nenhum, dos 5 mil doentes em Berck veio até ali atraído pela publicidade das correntes marinhas ou da pureza do ar.

O segredo dessa aglomeração de doentes é outro: em Berck, os enfermos, os aleijados, os paralisados, os deserdados da vida, os que em outras cidades vivem como verdadeiros párias da sociedade, escondidos pela família, encerrados em quartos insalubres, profundamente humilhados pela vida que se desenrola desafiadora em torno deles, em Berck eles voltam a ser pessoas normais.

Eles têm à sua disposição toda uma cidade organizada de maneira a lhes oferecer a mais normal das vidas possíveis, mantendo-se deitados e sem interromper um só instante o tratamento.

Deitados, eles vão ao cinema; deitados, eles passeiam de charrete; deitados, eles frequentam festas; deitados, eles vão a conferências; deitados, eles se visitam entre si.

Seus carrinhos podem entrar em qualquer casa de Berck, qualquer restaurante, qualquer loja: em Berck, nenhuma casa tem soleira. Ali a vida se curvou 90 graus, transformando-se numa vida horizontal que provou ser perfeitamente possível.

Nos grandes hotéis, cujos quartos nada têm de diferente de outros quartos de hotel, há também refeitórios para os doentes, onde são transportados de carrinho para cada mesa.

O aspecto de tais refeitórios é ao mesmo tempo estranho e faustoso. Faustoso porque se assemelha a um festim romano em que todos os convivas estão deitados, e estranho porque o palor doentio dos comensais nos remete a não sei qual novela alucinante de Edgar Allan Poe.

O espetáculo mais inusitado talvez seja o do verão, quando os doentes, na praia, flertam com as mais belas mulheres que os rodeiam. E esses flertes nem sempre são inocentes. Já lhes disse que os doentes vão a Berck para voltar a ser pessoas normais...

Há também dramas, com certeza, e horrendas depressões da alma. Em Berck, porém, isso raramente termina em tragédia. No inverno passado, dois apaixonados – uma exaltada e um doente incurável – se suicidaram debaixo da cruz de um calvário. O caso causou sensação e os repórteres parisienses bordaram belos artigos sobre as tragédias de Berck. A verdade, porém, é que tais casos são totalmente excepcionais.

No ritmo absorvente da vida quase normal que ali levam, os doentes suportam com leveza a sua desgraça. É o milagre moral de Berck.

O QUE É UMA GOTEIRA?

Os passeios de charrete são uma verdadeira redenção para os doentes.

Trata-se, porém, de uma redenção cara e luxuosa. Em Berck, os doentes pagam de 25 a 30 francos por algumas horas de charrete. A municipalidade, para o grande pesar dos doentes e dos visitantes de Berck, jamais interveio no sentido de regulamentar os preços do aluguel. Os doentes pagam assim, na nossa moeda, quase 50 leus por hora, ou seja, quase o mesmo que custaria o consumo de gasolina de um automóvel esplêndido. Em Berck, a charrete a cavalo, assim como podem ver, corresponde aproximadamente ao luxo de possuir um Rolls-Royce.

Em tais condições, os benefícios do ar marinho e o prazer dos passeios se reservariam exclusivamente a um número restrito de privilegiados, caso Berck não conhecesse também uma redenção para os desprovidos de meios materiais, e que se chama goteira. A goteira é uma invenção que transforma um doente numa pessoa sadia. Ela acumula as funções de cama, charrete e pernas. A goteira é um carrinho de quatro grandes rodas de borracha, dotado de um chassi na medida exata do corpo, sobre o qual o doente fica deitado. Entre o chassi e as rodas, molas fortes amortecem todos os choques e solavancos do trajeto.

Nos sanatórios para doentes desprovidos de meios materiais, em que os salões são coletivos e os doentes ficam em camas, a goteira só é utilizada para passeios à beira-mar. Em certos hotéis e residências particulares, porém, o doente jamais sai da goteira. Ele dorme nela, come nela, sai nela para passear.

Em seu quarto, o doente, se deixar os braços pender, é capaz de conduzir as rodas em todas as direções. Vi doentes se movendo dessa maneira até as estantes da biblioteca para retirar um livro ou passeando sozinhos pelos corredores.

Quando um doente precisa fazer compras na cidade, telefona-se imediatamente para um sanatório nas proximidades e então um ex-doente ou convalescente chega para empurrar a goteira até a cidade.

Por esse trabalho cobram-se 5 francos. Uma pessoa em Berck é mais barata do que um cavalo e realiza quase o mesmo serviço.

HOTÉIS E SANATÓRIOS

O livrinho de propaganda sobre Berck diz com clareza: "há em Berck instituições que cuidam de doentes para todos os bolsos". Isso é perfeitamente verdadeiro. A diferença, porém, entre um hotel *up-to-date* e um sanatório "com preços reduzidos" é quase a mesma entre um senhor bem-vestido em roupas *gris cendré* e com flor na botoeira e um mendigo esfarrapado que lhe estende a mão pedindo esmola.

Todos os grandes hotéis de Berck possuem gramados esplêndidos com flores, quadras de tênis, elevadores e água corrente. Todos os sanatórios "com preços reduzidos" têm paredes úmidas, corredores fétidos e assoalhos imundos. A diferença de tratamento moral e clínico nessas duas categorias de instituição corresponde, por completo, ao aspecto exterior. Constituem exceção – e uma exceção bastante honrosa – a essa situação dois grandes hospitais para pobres em Berck, organizados de maneira admirável e muito honesta. Trata-se do Hospital Marítimo, que pertence à assistência pública de Paris, e o Hospital Franco-Americano, obra beneficente. A desgraça, porém, é que, no primeiro, só são aceitos parisienses e, no segundo, as vagas são pouquíssimas. O doente desprovido de meios materiais, na impossibilidade de se internar numa dessas instituições, torna-se fatalmente vítima dos empresários de sanatórios "com preços reduzidos".

BERCK, A CIDADE DOS MALDITOS

Cinco mil doentes de tuberculose óssea jazem em Berck, imobilizados no gesso, no aguardo da cura. Essa horrenda doença tem predileção pelas articulações – vértebras, quadris, joelhos –, e a articulação, uma vez atacada, deve ser de imediato imobilizada. Cinco mil doentes jazem deitados em suas camas e carrinhos, perdidos em devaneios, mergulhados em leituras sem fim, desmaterializados na contemplação infinita da imensidão do oceano.

A cura chega devagar, terrivelmente devagar, mas chega. Ela hoje em dia atinge proporções jamais esperadas. Ao longo dos cinquenta anos da existência de Berck, por meio de uma organização terapêutica racional e constantemente aperfeiçoada, logrou-se diminuir a mortalidade da tuberculose óssea, de 80% que era no século passado para 5%; trata-se de um resultado ímpar nos anais da medicina.

Ademais, os doentes em Berck levam uma vida normal, e a maldição do terrível constrangimento físico ao qual são submetidos lhes parece mais suportável em meio a uma comunidade de casos quase idênticos.

Visões impressionantes, todavia, não faltam em Berck. Desde o embarque dos doentes nas charretes, que se assemelha muito à entrada dos caixões nos carros fúnebres (tanto a charrete quanto o carro fúnebre possuem um rolo sobre o qual o chassi do doente desliza para dentro), até o espetáculo dos doentes que, banhados em suor, tricotam sob o sol para ganhar um dinheirinho dos turistas, Berck está repleto de cenas dramáticas e impressionantes. Não vi, porém, nada mais dilacerante, mais profundamente humano e mais triste do que a liturgia de Natal em Berck.

Os católicos comemoram, à meia-noite, na igreja, a vinda ao mundo do menino Jesus.

Nada mais impressionante que a emoção extraordinária dos doentes, sua palidez extática, no silêncio solene da igreja à meia-noite.

Aqui e ali, uma mãe, um parente cobrem com o lenço um choro dilacerante, enquanto o padre distribui a sagrada comunhão aos doentes – transfigurados e trêmulos ao receber a graça divina.

No momento da "elevação", quando todos os fiéis se ajoelham, os doentes levam apenas a mão aos olhos.

Na igreja, o silêncio então se torna mais profundo, mais esmagador, enquanto lá fora as rajadas de chuva atingem as tábuas das casas e o vento uiva uma melopeia sinistra, como um clamor de todos os malditos do mundo, como um pranto universal e perturbador.

M.B.

Artigo publicado na revista romena *Vremea*, ano VII, número 358, 7 de outubro de 1934.

Corações cicatrizados
Max Blecher

Quel terrible souvenir à affronter[1]
Kierkegaard

EMANUEL SUBIU A ESCADARIA ESCURA. O AR ESTAVA impregnado de um cheiro de farmácia e borracha queimada. No fim do corredor estreito, reconheceu a porta branca que lhe fora indicada. Entrou sem bater.

O aposento em que se viu parecia ainda mais velho e mofado que o corredor. A luz entrava pela única janela, espalhando uma claridade azul e hesitante por sobre a bagunça da salinha, com revistas desarrumadas por toda parte, cobrindo a mesa de mármore e as solenes cadeiras, envoltas em capas brancas como se envergassem confortáveis trajes de viagem antes da mudança.

Mais que sentar-se, Emanuel se deixou cair na poltrona. Observou, surpreso, sombras que percorriam a sala e logo descobriu que a janela dos fundos era, na verdade, um aquário em que flutuavam lentos peixes negros, gordos e

---

1 Que lembrança terrível a enfrentar.

de olhos esbugalhados. Por alguns segundos, ele permaneceu de olhos bem abertos, acompanhando seu preguiçoso deslizar, quase esquecendo o motivo pelo qual viera.

Na verdade, para que viera até ali? Aha!, lembrou e tossiu de leve para anunciar sua presença, mas ninguém respondeu.

Suas têmporas ainda latejavam, mais por ter corrido do consultório do doutor Bertrand até ali do que por qualquer emoção genuína. Naquela sala séria e vetusta, ele se sentiu um pouco mais calmo.

Uma porta se abriu e uma mulher cruzou a salinha a passos rápidos, desaparecendo pela porta que dava para o corredor. Emanuel se arrependeu por não tê-la abordado para pedir que anunciasse sua presença.

Os peixes continuavam deslizando tristes debaixo da luz mortiça. Havia na sala tanto silêncio, tanta escuridão e tanta solidão que, se aquela situação perdurasse uma eternidade, Emanuel não teria mais nada a dizer. Pelo contrário, ele a teria aceitado com resignação, permanecendo ainda por muito tempo do lado de cá da verdade brutal que, talvez, ele haveria de descobrir dentro de poucos minutos.

Do lado de trás de uma porta, alguém deu uma tossidela, resposta atrasada à sua tosse de poucos instantes atrás.

Apareceu na soleira uma criatura diminuta, soturna, como um animal assustado saindo da toca.

– O senhor foi mandado pelo doutor Bertrand? Bom! Já sei, ele me telefonou... dores violentas no lombo, não é isso?... Uma radiografia da coluna vertebral.

O homúnculo esfregava nervosamente as mãos como se quisesse se livrar dos restos de terra que haviam ficado presos aos dedos enquanto cavara seu buraco.

Tinha olhinhos de toupeira, tumefatos, brilhando como ouro à luz tênue.

– Logo veremos o que é... Por favor me siga.

Emanuel o seguiu, atravessou o corredor e se viu diante de uma sala absolutamente escura. Era dali que vinha aquele cheiro pesado de borracha queimada.

Acendeu-se uma lâmpada fraca que revelou uma sala repleta de aparelhagem médica com estruturas niqueladas de canos e barras de circo.

Havia tantos cabos elétricos espalhados por toda parte que Emanuel ficou perplexo na soleira, com medo de entrar e tocar em algo que desencadeasse uma formidável corrente cheia de raios e faíscas.

– Por favor!... por favor... – disse-lhe o médico, quase pegando-o pela mão. – O senhor pode se despir aqui...

E o médico lhe apontou um baú de parafusos, uma máquina enigmática que às vezes servia, pelo visto, como sofá. Emanuel cometeu, pela primeira vez na vida, o gesto, tão simples e tão íntimo, de tirar as roupas numa circunstância tão solene.

O médico continuou fumando, atirando com indolência as cinzas no assoalho, no assoalho daquela terrível sala científica em que cada centímetro quadrado parecia estar imbuído de mistérios e eletricidade.

– Tire só a camisa...

Emanuel estava pronto. Começou a tremer.

– Está com frio? – perguntou o médico. – Vai durar só um minutinho.

O contato gélido e cortante com a mesa de lata sobre a qual se deitara o permeou com um calafrio ainda mais intenso.

– E agora, atenção... quando eu disser, segure a respiração... quero que a radiografia saia bem.

O médico abriu e fechou uma caixa metálica. A lâmpada apagou. Um tinido produziu um clique preciso. Uma alavanca caiu categórica, com um corte linear na escuridão. A corrente elétrica começou a vibrar surda como um animal irritado. Tudo se desenrolava metálica e precisamente, como naqueles jogos em que uma bola niquelada exige nossa atenção, caindo com exatidão de compartimento em compartimento...

– Agora! – disse o médico.

Emanuel segurou a respiração. O coração começou a bater forte, como se ressoasse na placa sobre a qual estava deitado. Toda a escuridão retumbava em seus ouvidos.

Escutou-se mais um sussurro, que se intensificou e que se estendeu depois, bruscamente, como um carvão jogado na água.

– Já pode respirar – disse de novo o médico.

Fez-se de novo luz. Emanuel teve de repente um instante de extrema lucidez. Para que estava ali deitado em cima da mesa? Para quê?

Teve a absoluta convicção de estar muito doente. Tudo ao seu redor indicava isso de maneira evidente. O que significavam todos aqueles aparelhos? Com certeza não eram feitos para gente sadia.

E já que ele se encontrava ali, em meio a eles, encurralado por eles...

O médico retirou a chapa da mesa de lata.

– Por favor, não se vista ainda... deixe-me ver se ficou boa... permaneça assim... deitado.

O médico pegou o paletó de Emanuel e o colocou sobre o peito, dobrando-o com ternura; só sua mãe, na infância, cobria-o assim com o cobertor antes de dormir.

O que haveria de dizer o doutor? O que revelaria a chapa? A pavorosa chapa...

Agora se sentia bem de novo, debaixo do paletó quente e mole. Se a placa não o houvesse atravessado com aquela sua frieza repulsiva e se ele pudesse apoiar a cabeça em outra coisa que não fosse uma barra de metal, talvez tivesse adormecido. Tremia levemente por causa do frio, sentindo-se, porém, tomado por uma exaustão prazerosa e tranquilizadora.

No fim do corredor, em algum lugar, ouviu-se o estrépito de uma porta batendo. Era assim que a vida, à distância, continuava... Ele se sentiu retirado dela, sob o refúgio do paletó, assim como estava, pelado na mesa de radiografia.

– A chapa ficou boa – disse o médico ao sair da cabine. – Parece-me, contudo, que uma vértebra está bem afetada... Falta um pedaço de osso nela...

O médico disse tudo isso num francês rápido que Emanuel não compreendia muito bem e, ainda por cima, com interrupções, queimando os dedos com a bituca de cigarro que ele pegou de novo de uma mesinha e que fumava com avidez.

Emanuel ficou perplexo, não compreendera bem. Faltava-lhe um pedaço de osso na vértebra? Mas como desaparecera dali? Perguntou ao médico.

– Foi roída... roída por micróbios – respondeu o homúnculo preto. – Completamente estragada... como um dente comido pela cárie.

– Bem na coluna vertebral?

– Sim, bem na coluna... uma vértebra destruída...

"E então como é que não despenquei até agora estando em pé, se o próprio eixo de sustentação do corpo está quebrado?", pensou Emanuel. Lembrou que deveria se vestir, mas não ousou se levantar sem infinitas precauções, apoiando-se o tempo todo nos aparelhos. No seu peito se produzira um vazio tal que era capaz de ouvir o seu zunido, claro como o murmúrio do interior de uma concha que se leva ao ouvido. O coração pulsava no vácuo com batidas amplificadas. Seu corpo podia então se esfacelar de um momento para o outro, como uma árvore partida, como uma boneca de pano.

Certa vez, na pensão em que morava, em seu quarto, ele pusera uma armadilha no chão e um rato ficou preso nela no meio da madrugada. Emanuel acendeu a luz e o viu rodando, enlouquecido de terror, na tela de arame da armadilha. Ao amanhecer, o rato não estava mais lá; conseguira abrir a portinha e escapara. Passeava, porém, pelo quarto, tão aturdido, tão assustado, em movimentos tão lentos e inseguros, que podia ser apanhado com a mão. O rato chegou a passar algumas vezes em frente ao buraco do próprio esconderijo, cheirou-o um pouco, mas não entrou... estava completamente desnorteado pelo pavor e pela exaustão da madrugada passada na armadilha.

Emanuel, dirigindo-se ao baú com suas coisas, teve gestos precautos e suaves que o fizeram lembrar-se do rato se arrastando pelo chão. Agora, ele também mais se arrastava do que andava. Sentia-se identificado com aquele rato até o mínimo gesto. Mexia-se igualmente terrificado, igualmente aturdido...

O médico entrou de novo na cabine. Emanuel pensou, então, bruscamente, em se suicidar, enforcando-se com o cinto das calças pendurado em uma das barras metálicas. Mas esse pensamento era tão fraco e inoperante que não continha nem mesmo a energia necessária para erguer um braço. Era, com certeza, uma ideia excelente, tão excelente quanto, para o rato, entrar de volta em seu buraco, mas igualmente vaga e alheia à realidade.

Nem permanecera, aliás, muito tempo sozinho. O médico voltou com o clichê, ainda úmido, para lhe mostrar. Acendeu uma lâmpada mais forte e pôs a radiografia contra a luz. Emanuel observou surpreso, ausente, as sombras negras que representavam o próprio esqueleto; a mais secreta e íntima estrutura de seu corpo, ali impressa em transparências turvas e funéreas.

– Eis... aqui... É uma vértebra sadia – explicou o doutor. –

E aqui, mais embaixo, aquela em que falta um pedaço de osso... vê-se bem que foi roída.

De fato, ali havia uma vértebra falha.

– Isso se chama mal de Pott... tuberculose óssea nas vértebras.

Tudo parecia claríssimo, uma vez que aquela falha tinha até mesmo um nome científico.

– Além do mais, há também algo de suspeito por aqui... – continuou o doutor, apontando para uma sombra da largura de um funil. – Temo que se trate de um abscesso... Precisaria examiná-lo no meu consultório.

Até então, o médico falara sem parar e sem olhar para Emanuel. Ao erguer os olhos e vê-lo tão pálido e estupefato, ele se apressou para dentro da cabine, deixou o clichê e, em seguida, de volta, pegou-o nas mãos e começou a sacudi-lo.

– Ei, vamos! O que é isso? Coragem... um pouco de coragem! É algo que podemos curar... o senhor vai para Berck... lá existe salvação... um pouco de coragem... um pouco de coragem!

Arrastou-o atrás de si ao longo do corredor e da vetusta salinha em que os peixes no aquário, indiferentes, continuavam cerrados em sua hermética migração.

Adentraram no consultório. Ali também as cortinas estavam fechadas, ali também estava escuro, ali também luzia uma única lâmpada em meio a uma torrente petrificada de livros e drogas medicinais. O homúnculo se movia ágil entre eles, como se os tateasse às pressas, sorvendo-lhes o cheiro como um animal.

– Vamos ver primeiro as costas – disse o doutor.

Emanuel se deitou de bruços num sofá coberto por um lençol branco.

O médico começou a apalpar, devagar, atento, de alto a baixo, toda a coluna vertebral, pressionando cada vértebra, como um afinador diante das teclas de um piano.

Num ponto pressionado com mais força, ressoou uma dor fulminante.

– É justamente o que revela a radiografia... Aqui está a vértebra doente.

E o doutor a pressionou de novo e de novo ressoou na coluna a mesma nota cristalina de dor.

– Se não for indiscrição minha, para que o senhor veio à França? – perguntou o médico enquanto o examinava. – Percebi, pelo sotaque, que é estrangeiro.

– De fato – respondeu Emanuel. – Vim estudar aqui.

– E o que exatamente o senhor estuda? – perguntou o médico de novo.

– Química – respondeu Emanuel.

– Ah! Química!... o senhor gosta de química, tem interessa por ela?

"Agora só a vida me interessa", quis responder Emanuel, calando-se, porém.

– O senhor acha que seus pais poderão prover sua manutenção aqui, num lugar à beira-mar? – continuou o médico. – O senhor precisa de muito repouso, alimentação boa... sobretudo tranquilidade... em Berck, por exemplo, num dos sanatórios às margens do oceano.

– Vou escrever para meu pai na Romênia – respondeu Emanuel. – Acho que ele vai me ajudar.

Curiosamente, a palavra "sanatório", pronunciada pelo médico, evocou de imediato em Emanuel uma recordação suave e ensolarada como um sopro de brisa fresca na atmosfera abafada do consultório médico. No ano anterior, em Tekirghiol[2], onde permanecera um mês para se tratar de um suposto reumatismo (assim todos

---

2 Pequena localidade romena, atualmente grafada Techirghiol, a 3 km do mar Negro e às margens do lago homônimo, famosa pelos tratamentos balneoterapêuticos. [N.T.]

os médicos haviam diagnosticado suas dores nas costas), o tempo todo ficara obcecado pela ideia de que muito em breve haveria de morar num sanatório. Lembrava-se agora perfeitamente de uma manhã luminosa, na praia, à sombra de um guarda-sol debaixo do qual seus amigos jogavam cartas, deitados de barriga na areia, quando lhe passou pela cabeça, de maneira repentina e absurda, que deveria se despedir deles, dizendo-lhes que se mudaria para um sanatório.

Agora, no consultório escuro, à luz clorótica da lâmpada, aquela recordação era o que podia existir de mais sereno e pleno de frescor em meio àquela papelada empoeirada.

– E agora vamos ver a barriga...

Emanuel se virou de barriga para cima. O médico passou a palma por toda a pele, deslizando-a suavemente até de repente se admirar e olhar fixamente nos olhos de Emanuel.

– Faz tempo que o senhor tem isso?

Mostrou-lhe, no ventre, um inchaço grosso e redondo, liso e bem delineado como um ovo que houvesse crescido ali debaixo da pele, junto ao quadril ("enorme", pensou Emanuel, extremamente assustado). Em vão tentou se lembrar dele; jamais o vira ali. Nem mesmo o doutor Bertrand o percebera. Talvez fosse algo novo, surgido nas últimas horas.

– De qualquer modo, foi bom termos descoberto a tempo – disse o doutor. – Se isso se rompesse, faria um belo estrago... é um abscesso frio cheio de pus, que vem do osso doente... Vai ter de ser puncionado... o pus terá de ser retirado com uma seringa.

Fazia uma hora que tantas coisas apavorantes ocorriam de maneira tão calma e sentenciosa, tantos desastres aconteciam que Emanuel, exausto de tantas notícias sensacionais num só dia, teve ganas de dar gargalhadas num segundo de vertiginosa inconsciência.

A consulta com o doutor Bertrand, a radiografia, a vértebra roída e, agora, o abscesso frio, tudo parecia uma conspiração. Ele já esperava que, de um momento para outro, o médico abrisse uma porta e o convidasse para a sala ao lado: "Entre, por favor!... A guilhotina está pronta...". Mas o médico permaneceu calado, sem tirar os olhos do abscesso.

– E o que é que se pode fazer agora? – perguntou Emanuel, fraco, com uma voz de outro mundo.

– Ora essa, uma punção! – respondeu o médico. – Primeiro a punção! Recomendo que seja feita pelo próprio doutor Bertrand, que o mandou aqui para a radiografia. Posso telefonar para ele, se quiser. Tem uma mão bem firme... aliás, nem se trata de um procedimento complicado... uma mera picada com a agulha... só isso. Vou lhe telefonar pedindo que vá até sua casa levando todo o necessário. Qual é o endereço?

Enquanto o médico anotava o endereço num caderninho, Emanuel respirou fundo para se livrar da opressão. Ouvira, com respiração entrecortada, tudo o que o doutor dissera.

– Depois, passados alguns dias, o senhor irá para Berck, no litoral...

– Berck? – perguntou Emanuel. – Onde fica isso?

O médico tirou da estante uma *Larousse* enorme e abriu no mapa da França.

– Eis aqui... está vendo... o canal da Mancha... mais abaixo de Boulogne fica Berck... Não está marcado no mapa. É uma praia pequena, perdida nas dunas, uma cidadezinha costeira aonde vão doentes como você, de todas as partes do mundo, para se curar... Embora fiquem lá deitados, engessados, eles levam uma vida absolutamente normal.

Até saem para passear de charrete, charretes especiais nas quais ficam deitados, puxadas por cavalos ou burrinhos.

O doutor despejava todas essas explicações num tom murmurado de erudição, olhando o tempo todo para o mapa como se lesse num dicionário tudo o que dizia.

– Mas até eu chegar em casa o inchaço não vai se romper? – perguntou Emanuel.

Gostaria de ter perguntado muitas outras coisas; se até chegar à pensão sua coluna vertebral não se romperia, se não desabaria na rua, se sua cabeça não cairia de cima dos ombros para rolar pela calçada como uma bola de bocha. Fazia alguns minutos que se sentia muito fragilmente articulado. Nas fábricas de vidro, os operários se divertem atirando na água pedaços de material derretido que endurecem e ficam mais resistentes que o vidro comum a ponto de poderem ser atingidos até por um martelo; mas, se um pequeno fragmento se desprende deles, toda a massa se transforma em pó. Uma única vértebra esmigalhada não seria suficiente para pulverizar o corpo todo? Enquanto caminhava na rua, o osso enfermo poderia se desprender, então Emanuel desabaria na hora, restando dele apenas um montículo de cinzas fumegantes.

O doutor o tranquilizou com argumentos científicos e médicos.

No que dizia respeito aos honorários, não quis aceitar nada. "Dos estudantes não cobro..." Em seus olhinhos cintilavam vivas fagulhas. Emanuel sentiu-se permeado por uma ternura tão entorpecente que lhe vieram lágrimas aos olhos. Agradeceu ao doutor com exagerada efusão. Agarrou-se a essa gratidão com o frenesi de uma libertação. Teve vontade de se atirar aos pés dele e permanecer prostrado à sua frente.

– Obrigado, senhor doutor! (Hosana! Hosana!). – Vestiu-se às pressas e passou pela mesma salinha vetusta.

– Coragem! – disse o médico mais uma vez, nos degraus da escada, com um pequeno estalo da língua, como um domador que incita o animal a pular por dentro de um aro. "Coragem! Coragem!", ressoava dentro de Emanuel o eco, batendo nas paredes do peito.

Foi assim que ele logo se viu em plena rua, em plena luz do dia. Foi como uma dilatação brusca e imensa do mundo. Não é que havia também casas, asfalto de verdade e um céu longínquo, vaporoso e branco? Abandonara o mundo exterior ao adentrar nessa luz, redescobrindo-o agora idêntico, talvez mais vasto e mais deserto, dotado de muito mais ar puro e menos coisas como aqueles cômodos obscuros do apartamento do doutor. Tudo, porém, parecia muito mais triste e indiferente... Por este mundo, agora andava um Emanuel enfermo, com uma vértebra roída, um desgraçado cujo caminho as casas evitavam, com medo. Andava pela calçada mole como se flutuasse na consistência do asfalto. Enquanto ficara fechado no consultório, o mundo estranhamente se adelgaçara. O contorno dos objetos ainda persistia, mas esse fiozinho fino que, igual ao de um desenho, rodeia uma casa para dela fazer uma casa, ou que define a silhueta de uma pessoa, aquele contorno que encerra coisas e pessoas, árvores e cachorros, mal abarcava em seus limites toda a matéria prestes a desmoronar. Teria bastado que alguém soltasse aquele fiozinho da borda das coisas para que aquelas casas imponentes, desprovidas do próprio contorno, se liquefizessem instantâneas numa matéria uniformemente turva e cinzenta.

Ele mesmo, Emanuel, não passava de uma massa de carne e osso sustentada pela rigidez de um contorno.

Surpreendeu-o o pensamento de não ter comido nada aquele dia. O que é que esse pensamento fazia ali em tal momento? Emanuel constatou, com amargor, que, num mundo tão vago e inconsistente, ainda tinha atividades precisas por cumprir.

Dirigiu-se ao restaurante. Costumava comer num pequeno restaurante estudantil no bairro antigo da cidade. Ali vinham também funcionários públicos e operários; comia-se mal e rápido, estava sempre cheio, e os fregueses esperavam em pé uma cadeira livre para ocupá-la ainda quente.

Pela primeira vez foi comer tão tarde, quando já não havia ninguém. A sala estava deserta, silenciosa e impregnada de fumaça. Num canto, as garçonetes comiam. A moça do caixa estava comendo no caixa, atrás do guichê de madeira, como se estivesse fadada a cumprir ali todas as suas funções existenciais, empoleirada na cadeira, fechada naquele rígido redil. Pairava no restaurante um silêncio assombroso, como se sucedesse um cataclismo. As cadeiras estavam espalhadas por toda parte e Emanuel só encontrou uma única mesa coberta por uma toalha branca. Todas as outras já haviam sido recolhidas.

Sentou-se devagarinho na cadeira, temendo romper o abscesso.

Ao seu redor, paredes cobertas por grandes espelhos de molduras brônzeas refletiam, de compartimento em compartimento, a mesma sala vazia de um ambiente cada vez mais amortecido e esverdeado, até que, nos últimos espelhos mais distantes, a sala se tornava aquosa como o aquário da salinha de espera do médico.

Lá, distante, numa água turva e parada, flutuava pálida e solitária a face inchada de carpa da moça do caixa, com o olhar lento de seus olhos redondos e frios.

Ela era, aliás, o único animal submarino daquelas profundezas oceânicas; e Emanuel, o único afogado.

NA SOLEIRA DA PENSÃO, A ZELADORA O AGUARDAVA impaciente. Fitou-o de longe e lhe fez um sinal com a mão:

– Telefonaram da parte do doutor Bertrand. Virá às quatro horas com todo o necessário. Foi assim que disseram, e pediram ainda que o senhor ficasse na cama.

– Entendido – respondeu Emanuel, tencionando entrar pelo corredor. A zeladora, porém, sem se conter de curiosidade e de impaciência pela espera, deteve-o na soleira.

– O que você tem? Por que está tão pálido? Está doente? É algo grave?

Agarrou-o pelo paletó e começou a sacudi-lo como um saco cujo conteúdo quisesse despejar.

– Mais devagar! Mais devagar! – refreou-a Emanuel. – Vamos para o meu quarto e lá eu lhe contarei tudo.

Morava num quarto pequeno, bastante incômodo, bem ao lado do quartinho da zeladora, no térreo. Ficara ali para não ter de subir as escadas, justamente por causa das dores nas costas.

Começou a se despir. Quantas vezes, naquele dia, já tirara a roupa? Lembrou-se do bilhete deixado por um suicida inglês: "Botões demais para abotoar e desabotoar ao longo da vida". Agora, estava se deitando na cama pela terceira vez. A zeladora o perturbava com perguntas. Logo em seguida, Colette também chegou.

Colette morava na mesma pensão. Era simples e franca como um pedaço de papel. Mexia com bordados e pequenos trabalhos de costura, que fazia em casa. Emanuel e ela realizavam um amor higiênico, desprovido de grandes volúpias. Após a relação, Colette preparava um chá quente com baunilha. O chá e a baunilha reuniam todo o aroma e o caráter de seu amor doméstico e contido.

A zeladora começou a arranjar o quarto, e Colette, a juntar os livros de cima da mesa, para que o doutor Bertrand encontrasse tudo arrumado, enquanto Emanuel escrevia um telegrama para seu pai, na Romênia.

Colette não sabia muito bem como demonstrar de maneira decente e convencional a tristeza que a invadia. Tinha simplesmente vontade de chorar, porém se conteve, sabendo que isso poderia incomodar Emanuel. Ela foi logo embora para a agência postal transmitir o telegrama, contente por sair um pouco daquele quarto em que sentia seu coração inchado de lágrimas. A zeladora saiu com ela.

Emanuel de repente se viu sozinho, deitado na cama, numa hora da tarde em que costumava estar estudando na universidade.

Abatera-o uma sensação clara e prazerosa de preguiça, como um velho eco de infância, quando ficava "doente" na cama para cabular.

Tocou levemente no inchaço ao lado do quadril e se horripilou. Aquilo parecia crescer sem parar.

Assustado, permaneceu imóvel sobre os travesseiros, com o rosto para cima, quase sem respirar.

Foi assim que o doutor Bertrand o encontrou.

– Ora, então o senhor está armando surpresas? O que aconteceu? Ouvi coisas terríveis ao telefone... – disse o médico ao entrar.

Falava com aquela bonomia séria de todos os médicos de família que haviam ultrapassado certa idade e adquiriam, sem exceção, aquele tom de voz uniforme, como uma característica biológica geral em seu desenvolvimento profissional. Era alto e tinha costas largas, de um cabelo curto eriçado como uma escova áspera.

Examinou o abscesso com um rosto impassível, em cuja superfície Emanuel nada pôde captar de seus pensamentos interiores.

Alguém bateu à porta. Era o assistente do doutor, entrando cheio de pacotes com instrumentos e diversas caixas niqueladas.

– Realmente... é o que me explicaram ao telefone. O abscesso tem de ser puncionado de imediato – disse o médico, sossegado. – Mãos à obra!

Tirou o paletó e arregaçou as mangas da camisa. Em seguida pediu água para se lavar.

A zeladora veio às pressas, agitando-se para lá e para cá, preocupada e alegre por desempenhar um papel, mesmo que mínimo, junto a um personagem tão ilustre como o doutor Bertrand.

O assistente distribuiu as caixas niqueladas por cima da mesa. Quando tudo ficou pronto, ele puxou a cama para perto da janela, para a luz.

Emanuel tirou a camisa. Começou a bater de novo os dentes, como na sala de radiografia. Em vão tentou surpreender os movimentos do assistente, vislumbrar algum instrumento de tortura, adivinhar o tamanho da agulha.

O médico e o assistente mexiam em diversos objetos em cima da mesa, dos quais até ele só chegava o seu metálico tilintar.

Do lado de fora, para lá da cortina, na rua, uma pessoa passou com pressa. Ele acompanhou com os ouvidos os passos distintos no asfalto. Que preocupação ela poderia ter? Caminhava descuidada pela rua, enquanto ele, Emanuel, jazia na cama, prestes a sofrer uma terrível punção... Agora tiritava todo de medo.

O médico se virou para a cama com um chumaço de algodão embebido em iodo. Estava usando luvas grandes e vermelhas de borracha, como um motorista de caminhão.

Umedeceu o inchaço e metade da pele do ventre, que na mesma hora se tornou amarela. Um cheiro antisséptico de iodofórmio e de farmácia se espalhou pelo quarto. Isso o dotou de uma realidade nova, médica e muito severa. Algo de grave e inevitável acontecia nele. Emanuel ficou completamente aturdido. Via ao seu redor o armário, os livros e a mesa, os velhos objetos familiares, bem conhecidos, mas que agora se desprendiam inseguros em sua turva lucidez, como palavras caóticas berradas por uma voz desconhecida em meio a um alarido de muitas pessoas reunidas numa sala.

– Anestésico! – disse o doutor, breve.

Tudo o que Emanuel ainda pôde ver foi o assistente se aproximando da cama com um enorme tubo de vidro. O médico lhe cobriu o rosto com a camisa e pediu à zeladora que segurasse as mãos dele. A proveta vibrou bruscamente e Emanuel sentiu, num ponto preciso da pele, por cima do inchaço, o jorro de um líquido que produzia um frio gélido e repuxava a carne ao redor.

Uma caixa metálica abriu-se e fechou-se.

– Agulha – disse o doutor, enquanto o assistente se aproximava de novo.

"Agulha... agora ele vai picar com a agulha...", pensou Emanuel. Cada instante latejava terrivelmente em suas têmporas.

Agora?

Sentiu, perto do quadril, uma picada pesada como um golpe dado com toda a força. Era uma dor surda e amortecida que pesava terrivelmente no quadril. Uma garra fixada na carne empedernida pela anestesia, um sofrimento distante porém extremamente presente.

Abriu um pouco os olhos e, por uma parte da camisa, vislumbrou o assistente bombeando algo numa garrafa; não foi capaz de distinguir mais nada. O que é que estava acontecendo ali, na sua carne? O que o doutor estava fazendo?

Uma pressão mais profunda da agulha arrancou-lhe um gemido de dor. Quanto mais haveria de durar? Parecia sem fim, e o assistente bombeava sem parar...

Finalmente se fez uma pausa... Emanuel sentiu a agulha sair bruscamente de dentro dele e suspirou aliviado. Nos músculos, ao lado do inchaço, persistia uma tensão extraordinária da carne, porém como uma dor mais simples, estabelecida num nível fixo de acuidade.

A zeladora retirou a camisa de cima de seus olhos.

O doutor agora limpava com éter um ponto que sangrava de leve. A garrafa em cima da mesa estava cheia de um líquido compacto e amarelento.

– O que é isso? – perguntou Emanuel, esgotado de tensão.

– Pus, meu amigo! Pus! – respondeu o doutor com a mesma voz de bonomia. – Precisa ir para Berck e ficar quietinho lá até se curar. É uma questão de longo prazo e de paciência. Seu abscesso estava bem cheio. Acho que não se formará de novo tão cedo... Fique tranquilo. Sabe de uma coisa? É melhor você ficar quieto, deitado de barriga para cima... Quando parte?

– Em poucos dias – disse Emanuel, exausto. – Telegrafei para meu pai e espero que chegue no fim desta semana. Com certeza virá no primeiro trem.

Ainda quis perguntar muitas outras coisas, mas deparou com o rosto impassível do médico, irritando-se com o pensamento de que, naquela indiferença, jazia o conhecimento exato de sua enfermidade. Em seguida, o doutor apertou com força sua mão e foi embora.

A tarde retomou no quarto a sua passagem inútil e tristonha. A garrafa de pus jazia perfeitamente visível sobre a mesa. Alguns raios de sol brincavam acobreados, numa luz suave, por cima do muro da casa defronte. Emanuel sentiu no peito uma enorme fraqueza – como se inspirasse parte do teor vazio e desolador daquela tarde melancólica.

Tentou ler, mas nada compreendeu; os livros estavam escritos para outra luz; nenhum livro do mundo seria capaz de preencher o vácuo imenso de um dia morno e íntimo de tédio e sofrimento. Essa é a implacável tristeza dos dias de enfermidade.

Na frente, no muro cinzento, os raios do crepúsculo haviam subido até o telhado, e as janelas da mansarda se incandesceram em chamas purpúreas. O aspecto imóvel e abandonado da casa lhe destroçava o coração.

Muitíssimo devagar ele ergueu o cobertor para observar o lugar do inchaço; não sentia dor alguma, e o inchaço desaparecera. Observou as pernas despidas, o ventre, as coxas, o corpo todo...

Colette o surpreendeu contando as costelas.

—

Os dias passavam áridos e incolores, terrivelmente longos e tristes. Nas horas livres, Colette ficava bordando ao lado dele. Alguns colegas vinham vê-lo no caminho de volta da universidade, que ficava perto dali. Chegavam embebidos do cheiro ácido do laboratório e isso o entristecia ainda mais. Sentia-se então mais profundamente enfermo, de férias...

Permanecia imóvel horas inteiras, com a cabeça levemente erguida no travesseiro.

– Estou fazendo o aprendizado de doente – dizia ele a Colette.

Todo dia, em torno das quatro horas, ele se concentrava nos passos da zeladora distribuindo a correspondência. Mas seguia-se a mesma desilusão de sempre. Nenhum telegrama, nenhuma carta? – Nada. O dia recaía na monotonia.

Certa vez, no fim da tarde, Emanuel estava folheando distraído um jornal, na cama, junto à janela, quando teve a impressão de que, na rua, alguém se detivera e o fitava com atenção. A zeladora se esquecera de fechar as persianas. Abriu um pouco a cortina. Quem estava na rua, olhando-o fixamente, era seu pai.

Emanuel ficou emocionado; ao entrar no quarto, seu pai procurou ocultar a preocupação com uma tossidela para que sua voz não vibrasse. Amava Emanuel com uma intensidade da qual o filho às vezes sentia medo. Emanuel se sentia moralmente comprometido com o amor do pai e, se não fosse só por isso, ele sinceramente lamentava ter-se adoentado. Nos últimos dias ele pensara com terror e assombro na eventualidade de morrer. "Com certeza meu pai enlouqueceria de tristeza", disse para si mesmo, imaginando a demência calma e severa daquele homem que fizera tudo na vida a sangue-frio. "Tal homem só poderá ser atingido por uma loucura extraordinariamente bem organizada", pensou ainda Emanuel com uma tristeza infinita. Esse também era um certo modo de ser carinhoso consigo mesmo.

Em poucos instantes, a atmosfera do quarto se modificou. O pai abordou a doença como uma transação comercial delicada que deveria ser levada a cabo sem prejuízos. Decidiu ir primeiro sozinho até Berck por um dia, conversar sozinho com os médicos de lá e encontrar um sanatório adequado. Partiu logo no dia seguinte e voltou tarde da noite. Ficou entusiasmado com Berck.

– A sua cura está lá. Os doentes levam uma vida normal em sanatórios organizados como simples hotéis; nem se nota que está doente. Você vai ver... você vai ver...

Fizeram as malas no dia seguinte e, à tarde, já estavam prontos para partir.

No último momento, a zeladora trouxe um pacote e o insinuou discretamente para Emanuel.

– É da parte da senhorita Colette... – sussurrou ela.

Mais por curiosidade, Emanuel o abriu de imediato. Continha uma caixa de chá e alguns cubos de extrato de carne, para cozinhar sopa.

O chá era, com certeza, uma alusão ao amor deles.

Quanto aos cubos, Colette batera a cabeça a manhã toda para encontrar um presente barato e útil, até se lembrar de que, durante a guerra, sua mãe mandava extrato de carne para seu pai, no front, poder preparar sopa sozinho nas trincheiras.

"E lá para onde Emanuel vai deve ser pior que uma trincheira...", refletiu ela com simplicidade. "Um prato quente de sopa vai lhe cair bem..."

E, com esses pensamentos, vinham-lhe lágrimas aos olhos.

O DIA SE PROLONGAVA NUM ENTARDECER MORNO E funéreo de outubro. Os campos desfilavam pela janela do vagão rubros e brônzeos, apodrecidos pelo sol sorvido ao longo de todo o verão. No compartimento, Emanuel e seu pai, sozinhos, mergulhados na mesma sensação de silenciosa intimidade. Com eles viajava o ritmo de ferragem velha do trem, como as batidas rápidas de um coração envelhecido e mecânico fixado sob o vagão.

Numa diminuta estação ferroviária, onde o trem não se deteve mais que um minuto, eles desembarcaram para baldear.

Subiram num trenzinho de vagões estreitos, com uma locomotiva vetusta e corcoveada como um camelo. No vagão só havia dois bancos de comprido, de um lado e de outro, como nos bondes.

Devagarinho o trem se pôs hesitante em movimento, chacoalhando em cima dos trilhos. Todas as janelas começaram a estremecer com força, como se tivessem medo de viajar. Emanuel ainda olhou para trás e viu a pequena estação, branca, com glicínias cor-de-rosa nas janelas. Em seguida, alguém fechou a cortina e a paisagem ficou do lado de fora, como se cortada por uma tesoura.

Uma multidão se aglomerava no vagão, com cestos e pacotes; gente se apertando nos bancos... crianças berrando... depois, tão logo o trem acelerou, começou uma intensa conversa em todo o vagão, estabelecendo-se um zumbido comum de compreensão e espontaneidade.

Toda aquela gente estava indo para Berck. Um camponês em traje de domingo com um buquê de flores campestres na mão explicava, com gestos largos, a doença do filho para uma senhora magrinha e elegante, em *tailleur* cinza.

Bem em frente, sentados no banco, dois jovens pais levavam o filho para um sanatório. Era um garotinho magro e pálido em roupa de marinheiro, com uma perna enfaixada. Seus braços pendiam flácidos e delgados como os de uma boneca de pano. Sua mãe o segurava nos braços, enquanto o olhar dele, de intensa perplexidade, passeava pelo vagão, examinando com curiosidade toda aquela gente desconhecida.

Emanuel foi de repente interpelado pela vizinha, uma velhinha vestida de luto.

– Está indo para Berck? – perguntou ela. – Está doente?

Gritava bem forte para se sobrepor ao barulho duplo do trem e da conversa geral.

– Onde dói? Aqui?... Aqui?...

Ela mostrou o quadril e, depois, as costas.

– Sim, aqui, nas costas – respondeu Emanuel.

A velhinha repuxou os lábios e balançou a cabeça num gesto de compaixão.

– E você está com um abscesso? – continuou ela.

Emanuel não se enganara, ouvira bem: abscesso. Como é que aquela mulher podia saber o que era um abscesso? Ele fez uma cara tão surpresa que a velhinha se apressou em acalmá-lo.

– Está vendo, eu também sei um pouquinho de medicina... Faz tanto tempo que vou a Berck que já estava na hora de eu ter aprendido tudo isso... Tenho um filho doente internado lá...

Emanuel não respondeu, mas eis que sentiu sua manga sendo puxada.

– Fiz uma pergunta – retomou a velhinha, ofendida. – Você tem ou não tem abscesso?

– Ora sim, tenho – respondeu Emanuel com certa rudeza. – E daí?

Dessa vez a velhinha ficou quieta. Na caligrafia de suas rugas faciais, desenhou-se um sinal evidente de grande tristeza. Ela ainda se atreveu a perguntar, a meia-voz, se o abscesso era fistulizado.

– O que é que é "fistulizado"? – disse Emanuel, abismado.

– Quer dizer se ele se rompeu... se tem um buraquinho por onde escorre sem parar...

– Isso não – respondeu Emanuel. – Até agora o doutor retirou pus de dentro dele e vejo que o inchaço diminuiu.

O trem sacudia continuamente suas velhas ferragens, e o barulho vindo de longe se depunha sobre a conversa como o fundo de um murmúrio de coro de ópera enquanto os artistas cantam. Passavam agora pelas dunas que circundam a cidade. Faltavam poucos minutos até Berck. O trajeto inteiro durava menos de um quarto de hora.

– É bom que o abscesso não tenha sido fistulizado – murmurou a velhinha.

– E se tivesse sido? – perguntou Emanuel, distraído.

– Ah, então a coisa mudava de figura...

E, inclinando-se sobre o ouvido dele, ela lhe sussurrou, de um fôlego:

– Dizem que, em Berck, um abscesso aberto equivale a um portão aberto para a morte...

– O que ela disse? – perguntou o pai.

– Acha que entendi? Ela fala rápido demais...

O trenzinho começou a ranger cansado, apertando os freios. Haviam chegado. A estação ferroviária se parecia com qualquer outra estação do interior. Um senhor alto de muletas aguardava a senhora em tailleur cinza. Mais para lá não havia ninguém na plataforma. A grande surpresa, porém, Emanuel haveria de ter só na saída.

Enquanto o motorista cuidava das malas, ele permanecera por alguns segundos na pequena praça diante da estação, olhando ao redor. De repente, ficou perplexo.

Mas o que é que era aquilo? Um caixão ambulante ou uma maca? Uma pessoa estava deitada numa cama estreita de madeira, uma espécie de moldura com colchão colocada sobre uma armação com quatro rodas grandes cobertas de borracha. Usava gravata, boina e paletó, mas não se mexia, não se levantava para caminhar como toda a gente. Deitado como estava, comprou o jornal de um ambulante, pagou e o abriu para ler, com a cabeça apoiada no travesseiro, enquanto um homem atrás dele pôs-se a empurrar o carrinho pelas ruas da cidade.

– Está vendo – disse o pai – ... aqui todos os doentes levam uma vida normal... Estão completamente vestidos, passeiam na rua... só que estão deitados... só isso... Você ainda verá outros deitados, conduzindo a própria charrete...

Emanuel estava por demais perplexo para conseguir pensar em algo definido. De dentro do carro, olhava continuamente pela janela para descobrir algum doente de charrete, mas não viu nenhum. Numa esquina em que se encontravam duas fileiras de casas altas, revelou-se por um instante, ao fundo, a linha azul e cintilante do oceano, derramada sobre a areia como uma espada incandescente.

Na entrada do sanatório, eles já eram aguardados pelo diretor. O acesso era ornado por duas enormes plantas exóticas. Os vasos de faiança e o solene terno preto do diretor, bem como suas polainas brancas, conferiram à chegada uma atmosfera teatral. O diretor se inclinou e apertou primeiro a mão do pai para, em seguida, apertar a de Emanuel. Seu rosto estava bastante empoado e ele tinha acabado de atirar a ponta de um cigarro de folha que fumara até então. Com o cigarro no canto da boca, imprimiam-se-lhe num dos lados longas rugas de cachorro, fazendo-o se parecer direitinho com aqueles buldogues de porcelana vestidos em fraque vermelho que enfeitam alguns cinzeiros. "Pena que lhe falte o fraque", pensou Emanuel.

O silêncio do sanatório era impressionante, mas os corredores se assemelhavam a corredores de hotel: portas brancas enfileiradas e numeradas. O quarto de Emanuel ficava no terceiro andar. Subiram lentamente de elevador, que produzia um rumor miúdo e empanado. No fundo de um corredor escuro, o diretor abriu uma porta. Via-se bem que era um quarto barato. Toda a mobília se reduzia a um armário, uma mesa e uma cama de ferro. Num canto ficava o toalete, com uma jarra azul enorme de placa esmaltada.

– Gostou? – perguntou o pai assim que o diretor saiu.

Gostar do quê? Deitou-se exausto na cama e fechou os olhos. Zumbiam-lhe ainda na cabeça o andar do trem e fragmentos da conversa com a velhinha de luto. Os dias passados na cama o haviam enfraquecido terrivelmente. Seu pai acendeu a luz. No quarto se instaurou a atmosfera desagradável e estranha de um quarto de hotel miserável em que se deve pernoitar de passagem.

Finalmente, alguém bateu à porta.

– Eva! – apresentou-se áspera a enfermeira que entrava. Tinha um nariz tão comprido e pontudo que, mesmo virando a cabeça para todos os lados, parecia estar todo o tempo de perfil.

Informou-se brevemente da doença de Emanuel.

– Aqui o senhor vai melhorar – murmurou ela num tom entediado, profissional.

– Há muitos outros doentes como eu? – perguntou ele. – Todos têm uma vértebra afetada?

Eva ergueu os braços para cima, como uma suplicante da Antiguidade.

– Uma vértebra? Só uma vértebra? He he! Há quem tenha dez vértebras afetadas, uma atrás da outra... outros, o joelho... a coxa... os dedos da mão... o tornozelo... Achava que era o único? Ha! Ha!...

Deu uma risada breve e seca.

Emanuel ficou obcecado sobretudo pela coluna de dez vértebras afetadas uma atrás da outra, vindo-lhe à mente a imagem de um cigarro que, esquecido no cinzeiro, lentamente se transforma em cinzas em todo o seu comprimento. "Que amarga podridão...", pensou.

– E o doutor Cériez? – perguntou o pai de Emanuel. – Quando virá à clínica? Conversei com ele quando estive aqui c...

– Ah, muito bem! Muito bem! – interrompeu-o Eva. – O doutor Cériez está por acaso no sanatório. Veio ver um paciente operado... Vou chamá-lo.

Emanuel permaneceu quieto e exausto, deitado na cama. Em torno dele, seu pai se movia agitado, a porta se abria e se fechava, acontecia um monte de coisas das quais ele não participava. Era possível dizer que de repente o mundo se tornara mais denso e mais indistinto... Tudo o que persistia claro dentro dele era um imenso cansaço.

43

Num quarto, em algum lugar distante, um acordeão se lamentava triste e asmático.

Em alguns minutos retornou a enfermeira, acompanhada do doutor Cériez.

Era um homem ainda jovem, bem alto e de ombros largos, mas grisalho. Tinha um cabelo fantástico, leonino, penteado para trás com esmero. Sua face era gorda e pétrea. Só o olhar azul e cristalino trazia consigo uma nuance contraditória de infinita bondade, estabelecendo nos traços do rosto um misto de infantilidade e severidade.

Examinou Emanuel com atenção, olhou as radiografias, apalpou o abscesso e diagnosticou a mesma tuberculose numa das vértebras.

– Aqui em Berck o ar é forte e vivificante. Procure sair com a maior frequência possível para passear de charrete e, acima de tudo, sinta-se tranquilo... – E, em seguida, dirigindo-se à enfermeira: – Por enquanto deixemo-lo assim... na cama... amanhã você lhe trará uma goteira e depois, dentro de alguns dias, assim que se acostumar à posição deitada, vamos lhe fazer um gesso...

– Um gesso – murmurou Emanuel, assustado.

O doutor se virou para ele.

– O gesso não é nada grave... Absolutamente nada grave! Você vai ficar tão confortável de colete quanto numa poltrona... Isso eu posso lhe garantir.

Apertou-lhe a mão e pegou o chapéu para sair. Deteve-se por mais um instante.

– Você conhece alguém no sanatório? Já fez algum amigo?

E como Emanuel balançasse a cabeça negativamente, o médico acrescentou:

– Vou pedir que o Ernest venha até aqui. É um bom rapaz, com quem você vai se entender maravilhosamente bem...

Saiu apressado. Atrás dele, o pai de Emanuel fechou a porta devagar e com deferência, como se o médico, ao simplesmente tocar a maçaneta, a houvesse impregnado do fluido de sua eminente personalidade.

– Você viu? – disse ele, jovial, esfregando as mãos.

Toda a questão da doença se tornara agora, para ele, um problema resolvido.

Emanuel ainda esperou Ernest por algum tempo, mas tudo indicava que ele não apareceria naquela noite. Pôs-se a se trocar para dormir; não estava com fome nem sede. Uma exaustão calma lhe embebia todos os membros.

Na escuridão que se fez no quarto, o eco do acordeão cobriu melancólico o fim do dia.

EMANUEL PASSOU A MANHÃ INTEIRA NA CAMA. SEU pai puxou a cadeira para perto dele e, no quarto em desordem, com a janela aberta, ficaram de mãos dadas observando a imensa luminosidade do oceano. Vinha do horizonte um brilho leitoso que cobria, na distância, o contorno das dunas e as sombras das casas, afogando-as numa auréola ofuscante. O ruído das ondas rumorejava tão de perto que não se ouvia nenhum som do sanatório. Uma campainha de vez em quando chiava em algum lugar, e então os dois estremeciam, por um instante arrancados ao seu instante de felicidade cristalina.

Finalmente veio um maqueiro para vesti-lo. Ele sempre haveria de ajudá-lo todo dia. O empregado era muito hábil; vestiu suas calças devagar, deitado como estava; depois o vestiu com a camisa e o paletó, devagar, sem pressa e sem que Emanuel tivesse de realizar qualquer outro movimento que não fosse inclinar-se um pouco para um lado e para o outro para enfiar as mangas.

"Ele me veste exatamente como se vestisse um cadáver", pensou, e quis dizê-lo a seu pai, mas se conteve.

O maqueiro abriu a porta e puxou um carrinho para dentro do quarto. Tratava-se da caminha em que ele doravante teria de ficar deitado o tempo todo. Colchão novo, coberto por um linóleo preto e dois travesseiros duros na altura da cabeça.

– Por favor! – convidou-o o maqueiro, e o ajudou a deslizar da cama para a goteira. – A partir de agora – disse ele – o senhor deverá dormir nela, como todos os doentes... Mas podemos deixar a cama de ferro em seu quarto, se desejar. Pode ser útil para se colocarem livros, objetos...

Um gongo soou justo naquele momento, anunciando a hora da refeição.

– O senhor vai descer até o refeitório ou prefere permanecer no quarto? – perguntou o empregado.

Emanuel, por seu lado, interrogou o pai com o olhar.

– Vamos descer! Claro... é melhor – respondeu.

O maqueiro empurrou devagar o carrinho pelo corredor, e depois o introduziu no elevador.

Emanuel, ainda embriagado pela luz e pela placidez daquela manhã, considerou aquele deslizar suave no carrinho de arcos como um distrativo passeio de brincadeira. Deixou-se acometer por uma leve e prazerosa tontura no momento em que o elevador se pôs a descer.

Só lá embaixo, no refeitório, ele compreendeu totalmente a doença. Ali ele foi acossado, pela primeira vez, pela verdadeira sensação da atroz categoria de vida em que ingressara.

—

Era uma sala comum de restaurante, vasta, alta, branca, com cortininhas nas janelas e grandes plantas exóticas pelos cantos. Mas quem poderia ter imaginado, naquele espaço, esse arranjo solene e hospitalar? Quem fora o diretor desse espetáculo preciso e alucinante?

Enfileirados ao longo das paredes, dois a cada mesa, jaziam os doentes deitados em suas goteiras. Teria sido possível dizer que era um festim da Antiguidade, em que os convidados ficavam deitados à mesa, não fosse o rosto cansado e pálido da maioria dos doentes, revelando claramente que não se tratava de convivas joviais de um alegre banquete.

Que mente sombria poderia ter criado, com elementos reais, um quadro tão doloroso, tão extravagante, tão demente?

Num determinado romance sensacionalista da época, o escritor imaginara uma rainha pérfida e caprichosa que mumificava os amantes e os mantinha em sarcófagos num salão circular.

O que era, contudo, essa pálida visão literária diante da atroz realidade daquela sala de refeições com pessoas vivas porém mortas, incrustadas em posturas rígidas, deitadas e mumificadas enquanto a vida ainda pulsava nelas?

Emanuel foi colocado a uma mesa, ao lado de uma doente de vestido azul. Nas cenas de um sonho, aquilo que parece estranho e alucinante é o fato de os acontecimentos mais bizarros sucederem em cenários conhecidos e banais. No refeitório, os elementos de sonho e de realidade estavam presentes de maneira tão concomitante que por alguns segundos Emanuel sentiu sua consciência se esvair por completo. Tornara-se extraordinariamente transparente, mas também incrivelmente efêmera e insegura. O que estava acontecendo? Era ele mesmo, Emanuel, aquele corpo num carrinho, no meio de uma sala em que todos os comensais estavam deitados junto a mesas enfeitadas com buquês de flores? O que significava tudo aquilo? Estava vivo? Estava sonhando? Em que mundo exatamente, em que realidade exatamente, tudo aquilo ocorria?

Sua vizinha de mesa mandou-lhe um sorriso pelo espelho. Ela também estava deitada num carrinho, também vestida, também aparentemente normal, mas não tinha travesseiro para apoiar a cabeça. Estava completamente deitada, sem movê-la para a direita nem para a esquerda. Para poder observar o que acontecia ao redor, dispunha de um suporte metálico provido de um espelho, bem acima dela. Podia incliná-lo em qualquer direção e assim olhar para todo o salão. No lustro do cristal, em que flutuava seu rosto destacado (como numa daquelas ilusões ópticas baratas de quermesse que apresenta uma cabeça cortada), Emanuel descobriu o sorriso a ele dirigido.

– O senhor está doente faz tempo? – perguntou a moça sem se apresentar.

– Já há muitos anos – respondeu Emanuel –, mas a doença só foi descoberta há pouco tempo...

– Foi assim com todos nós – disse a doente com um leve suspiro.

À sua direita, Emanuel descobriu um jovem de cabeça mergulhada num livro. Observou cada doente no salão, uns completamente deitados, outros com travesseiro sob a cabeça, outros finalmente que ficavam sentados no carrinho como se estivessem numa cadeira: só de pernas estendidas. Todos perfeitamente vestidos, as mulheres envergando roupas de certa faceirice – homens em ternos comuns, de colarinho e gravata. Parecia uma reunião normal de pessoas que, a um determinado sinal, se estirariam todas nos carrinhos.

Atreveu-se a perguntar à vizinha por que alguns doentes estavam completamente deitados, ao passo que outros, apenas inclinados pela metade.

– Porque nem todos têm a mesma doença – respondeu-

-lhe a jovem dama. – Alguns estão com as vértebras do pescoço afetadas, como eu; outros, só o joelho ou a coxa.

A doente lhe falava com grande espontaneidade, sempre lhe sorrindo ao espelho. Emanuel também tentou responder com um sorriso, mas seus lábios se crisparam numa careta embaraçosa.

Um maqueiro trouxe até a sala um carrinho elegante em que se erguia, em cima de almofadas bordadas, uma jovem senhora, loira, vivaz, inclinando a cabeça e distribuindo cumprimentos para todos os lados.

Estava acompanhada de um jovem de rosto moreno, alto, caminhando de muletas.

O carrinho foi colocado na fileira da frente, e o jovem se sentou à mesma mesa.

– Quem é essa senhora? – perguntou Emanuel.

A doente virou o espelho na direção do lugar indicado.

– Ah! Sim... é a senhora Wandeska, uma polonesa que já está há quase um ano no sanatório. Agora está curada, já começou a caminhar... Teve um joelho terrivelmente afetado. Faz tempo que deveria ter voltado para casa, mas está sempre adiando...

– Por quê? – perguntou, curioso, o pai de Emanuel.

– Hmm! Isso é meio difícil de explicar para uma pessoa sadia. O joelho dela sarou, mas se ancilosou e enrijeceu. Quando caminha, ela manca. Agora prefere ficar aqui, entre os doentes, onde todos têm alguma coisa, a ser um objeto de curiosidade em meio a pessoas sadias. Mas não é possível... ela vai precisar voltar para a família. Sua cura é tão inclemente quanto a doença...

Começaram a comer. Os doentes levavam com gestos precautos o prato de sopa ao peito. Emanuel também teve de comer desse jeito. Seu pai, sentado ao lado dele, segurou por algum tempo o prato com a mão. Depois, ao ver que se acostumara, deixou-o comer sozinho. A cada sorvo, o prato parecia perder o equilíbrio e prestes a virar. Era um verdadeiro número de acrobacia a ser executado, mas os antigos doentes comiam com tanta destreza que nem mais olhavam para a frente, mantendo serenamente suas conversas.

Ali defronte, a senhora Wandeska dava risadas, achando graça daquilo que o jovem ao lado dela contava.

– É o marido dela? – perguntou Emanuel, apontando para ele pelo espelho.

– Tonio? Ah, não! É um amigo dela... argentino... ele também se curou faz tempo, mas prefere o ar do sanatório ao do seu escritório de advocacia...

Naquele momento, no fundo do salão, um doente deixou cair um talher, produzindo um som estridente. O carrinho dele era bem baixo e, se esticasse um pouco o braço, com certeza poderia recolher o talher. Emanuel observou, porém, como o doente olhava para ele sem fazer o mínimo esforço. Sua vizinha também acompanhou a cena. Uma empregada veio às pressas e lhe trouxe outro.

– Por que ele não o pegou sozinho do chão? Era tão simples... – disse Emanuel.

– Você acha simples? Com certeza teria tombado; ele tem um gesso de dezenas de quilos.

Emanuel ficou apalermado. Embora visse muito bem que o doente estava rígido em cima do carrinho, nada o fazia supor que houvesse um colete debaixo da roupa.

– Não é que o doutor Cériez trabalha bem? – acrescentou a moça. – É impossível adivinhar a forma do gesso por baixo da roupa... ele os concebe sob medida.

E bateu com os dedos no vestido, que ressoou duro e seco como se recobrisse um corpo rígido por baixo. Embora também estivesse usando um colete, ela estava bem-vestida da cabeça aos pés, sem que nenhum elemento exterior traísse a enfermidade de que sofria.

– Vão me engessar também – disse Emanuel com uma voz de profundo desamparo.

Observando agora a fileira de doentes estirados, a questão da doença não se resumia mais, para ele, a uma simples afirmação abstrata, "estar doente", em contraste com "estar sadio". Sentia ter adentrado nas fileiras, como num alinhamento militar. Solidário com eles na doença, solidário no gesso... O próprio corpo assumira, em cima do carrinho, uma posição correta e imóvel de inválido...

—

A refeição estava acabando quando Ernest entrou às pressas, acompanhado de outro doente. Ernest caminhava normalmente; o outro permanecera um pouco na entrada, medindo com o olhar a distância que o separava da mesa, como se armazenasse energia para atravessar o salão.

Mas o que era aquela nova e dolorosa surpresa? Um passo de aleijado, uma exibição de mascarada, um número de palhaço?

O doente se apoiava em duas muletas e, a cada passo, arremessava violentamente ao ar um dos pés. Mantinha-o suspenso por um segundo, para em seguida atirá-lo para o lado e, sempre tremendo, colocá-lo sobre o assoalho. Era um caminhar tão convulsivo, tão desarticulado, tão desumano, que nenhum palhaço no mundo seria capaz de o imitar. Era como se saltasse, mas aquilo nem salto era. Aquilo era uma crise de epilepsia; uma verdadeira crise de epilepsia das pernas.

Ernest, enquanto isso, parecia procurar alguém no salão; pouco lhe importava a comida; ao identificar Emanuel, foi rapidamente até ele.

– Você é o novo doente sobre o qual me falou o doutor Cériez? – perguntou ele, apresentando-se.

Tinha gestos ágeis e quase selvagens. Em seu olhar havia chamas de uma curiosidade devoradora.

– Conhece seus vizinhos de mesa? – perguntou de novo.

O doente da direita retirou por um instante a cabeça de dentro do livro, amuado pela interrupção.

– Apresento-lhe o senhor Roger Torn... amigo íntimo da senhorita Cora.

E apontou para a doente de vestido azul com a qual Emanuel conversara até então. Tanto Roger Torn como Cora enrubesceram até as orelhas.

– Como você é insuportável! – repreendeu-o a jovem dama.

– De fato assim parece... – respondeu Ernest. – Mas acho que em breve você mudará de opinião... Sei arranjar as coisas... – acrescentou ele com uma piscadela maliciosa.

Ernest se retirou para comer. Um vendedor de jornais entrou no salão e começou a distribuir jornais e revistas pelas mesas. Os doentes abriam as páginas para ler. A refeição terminara e os maqueiros agora chegavam para levar cada carrinho até o jardim. Emanuel, desde que vira o doente que caminhava arremessando os pés, deixou-se arrebatar por uma terrível tristeza. Observava, com aperto no coração, como os empregados empurravam os carrinhos. O contraste entre levar uma vida quase normal (ler jornais, comer num restaurante com os outros, estar vestido), esse contraste de ser uma pessoa como todas as outras, mas jazer aprisionado no gesso, com os ossos cariados de tuberculose, eis o que havia de tão triste e doloroso naquela doença. O paradoxo constava em existir, mas não estar "completamente vivo"...

Saiu baratinado do salão. Atrás dele, as conversas e o bulício continuavam cheios de animação. As empregadas, espalhadas entre os doentes, recolhiam os talheres, sorrindo.

Ernest veio lhe propor um passeio de charrete naquela mesma tarde.

– Os dias bonitos de outono estão contados em Berck – disse ele. – Logo as chuvas vão nos aprisionar por muito tempo dentro de casa.

Emanuel aceitou com alegria.

– NO FUNDO, PARA MIM, PESSOALMENTE, A DOENÇA não parece tão terrível... – disse Emanuel para Ernest, enquanto aguardavam, no quarto, o anúncio da chegada da charrete. – Tive sempre em mim um fundo de preguiça que ora se encontra plenamente satisfeito – continuou ele. – Estendo meus ossos no carrinho, descanso admiravelmente bem, sinto-me muitíssimo bem... nem mesmo tenho o desejo de andar... Acho que, se me erguesse, as dores se cravariam de novo, inclementes, nas costas. Uma única coisa me tortura...

Seu pai, que estava na cama, aparentemente lendo o jornal, levantou bruscamente a cabeça.

– Tortura-me a ideia de que, pouco a pouco, vou ter de me tornar um verdadeiro doente... De que tudo o que ora considero preguiça e descanso vai se tornar muito em breve um cárcere terrível... Tenho medo da depressão... tenho medo de chegar a andar com um par de muletas, pulando como uma rã...

– Mas você pode ver muito bem como eu me curei – encorajou-o Ernest, batendo com o punho cerrado no peito.

– Você também usa colete? – perguntou Emanuel.

O peito ressoara duro.

– Sim... mas um colete simples, não de gesso – respondeu Ernest com meia-voz.

– Posso ver?

Ernest tirou o paletó e a camisa. Parecia agora um lutador da Antiguidade, encouraçado em seu escudo, ou um busto mecânico, cheio de parafusos e correias, exposto numa vitrine ortopédica. O colete mantinha o corpo rígido, dos quadris aos ombros. Era confeccionado com um celuloide cor-de-rosa perfurado em milhares de buraquinhos, amarrado com cadarços nas costas. Em torno do pescoço, em torno dos quadris e dos lados, era aparafusado e apertado com uma armação de níquel bastante complexa.

– E por quanto tempo ainda precisa usar? – perguntou Emanuel.

– Isso eu não abandono nunca mais – respondeu Ernest. – Só de noite, para dormir, eu tiro... Preciso vesti-lo sempre... a vida toda, talvez...

Emanuel permaneceu calado e pensativo.

– Pois bem, em vez de retornar à vida fechado hermeticamente dentro de um tal aparelho, prefiro...

Calou-se e deixou a frase por completar. Fez-se no quarto um breve silêncio. Seu pai mergulhou de novo na leitura enquanto Ernest voltava a se vestir.

Alguns minutos depois, seu pai deixou de lado o jornal e começou a fazer a mala. Partiria naquela mesma tarde. No embaraço e no silêncio do quarto, notava-se bem que o efeito da frase de Emanuel ainda persistia.

– Não cometa besteiras – disse-lhe o pai, embalando as coisas e evitando olhares. – Vou mandar dinheiro para você se manter... para se curar... vou trabalhar por você... só por você... jamais esqueça isso.

Emanuel sofria de um sentimentalismo fácil e passageiro. Ouvindo o pai falar com tanta emoção, vieram-lhe por um instante lágrimas aos olhos, mas, em um segundo, ele esqueceu tudo e apertou impaciente a campainha para perguntar pela charrete.

Um moço finalmente chegou para anunciar que a charrete estava à espera.

A mala também já estava pronta – só restava todos descerem juntos.

No pátio, uma espécie de enorme barco de toldo, sobre rodas, puxado por um cavalo, estava à espera. Era essa a charrete dos doentes? Sim, era essa. Emanuel não precisava se mexer do lugar. A armação com colchão em que ele ficava deitado entrava por trás e a caminha deslizava por cima de um rolo como nos carros fúnebres. O maqueiro fechou a parte de trás e passou as rédeas para as mãos de Ernest. Emanuel ficou um pouco erguido para poder ver perfeitamente à sua frente. Ernest e o pai se sentaram ao seu lado, em duas banquetas. Havia lugar suficiente, inclusive para a mala – essa charrete podia conter uma caravela inteira...

O outono estava terminando, trazendo dias ensolarados e frios. As plantas murchavam nos jardins, e a claridade cansada da tarde farfalhava calma pelas árvores de folhas vermelhas e retorcidas. As ruas pareciam abandonadas... Emanuel passeava o olhar por casas desconhecidas, por mansões de persianas fechadas, naquela cidadezinha perdida em algum lugar do mundo, debaixo de um céu vaporoso de outono.

No fim de uma das ruas, faiscou de repente um forte brilho vindo do oceano... Sombras fantasmagóricas de barcos de pescadores flutuavam, lá longe, no ouro e na luz.

Emanuel tomou as rédeas e conduziu sozinho até chegar à praia. Havia ladeiras de madeira, muito pouco inclinadas, que ligavam a esplanada diretamente à areia. Havia também outras charretes por ali, reunidas em círculo. Os doentes estavam conversando, gritando de uma charrete para outra. Um deles tocava bandolim; uma doente tricotava. O oceano era só cintilação de cristal e azul. Emanuel respirou aquela plenitude inefável de imenso brilho – o ar vasto de imensidões, a infinidade das águas.

Seu pai e Ernest foram caminhar um pouco. Ainda faltava quase uma hora até a partida do trem. Emanuel ficou contente em estar sozinho. Enchia o peito com uma respiração profunda, acompanhando o lento deslizar dos barcos negros. Por um instante, sentiu um imenso desamparo. Logo, porém, os dois retornaram e seu leve êxtase acabou.

– Estaremos juntos por mais uma meia hora – disse o pai, bastante emocionado.

Emanuel conduzia agora a charrete na direção da estação ferroviária por uma rua larga, de vitrines imensas, vagamente animada por raros transeuntes. Embora a visse pela primeira vez, parecia já conhecê-la. Sentia agora pertencer àquela rua, àquele oceano cuja luz respirara, àquele outono alheio, mais do que ao seu pai. Uma compreensão das coisas se revirara dentro dele e uma certa sensação de intimidade passara de um prato da balança para o outro. Aquela rua continha uma velha nostalgia de recordações. Talvez já a tivesse visto em algum sonho...

A despedida foi simples e rápida.

Eles haviam se atrasado e só tinham um minuto até a partida do trem.

Seu pai o abraçou às pressas e desapareceu num andar bamboleante. Levava na alma, com um peso insuportável, a melancolia da partida demasiado apressada.

Emanuel, sozinho, foi acometido por uma breve hesitação. Encontrava-se agora diante de uma existência terrível e desconhecida. O que deveria fazer? O que lhe aconteceria? Há momentos simples na realidade, instantes banais de solidão, em qualquer lugar, na rua, quando de repente o ar do mundo se transforma e adquire bruscamente um novo significado, mais denso e exaustivo.

– Parece triste – disse Ernest ao voltar da plataforma. – Por que seu pai não ficou mais um dia ou dois?

Com os pensamentos embaralhados, Emanuel não soube responder. Ernest tomou as rédeas e o conduziu por ruas desconhecidas. Desfilavam diante dele casas, telhados... janelas... muitas janelas... jardins íntimos e antiquados do interior, com buquês incandescentes de gerânios vermelhos...

Ernest o arrancou do torpor:

– Você certamente percebeu que Roger Torn está bravo com você?

– Quem é Roger Torn?

– Seu vizinho da direita... sabe... no refeitório, aquele doente ruivo que estava com a cabeça enfiada no livro.

– Aha! Sim! Sei qual é... E diz que está bravo comigo? Mas o que eu fiz? – perguntou Emanuel, surpreso.

– Quer dizer, na verdade, você não fez nada... não tem culpa nenhuma... Mas as coisas são assim. Antes de você chegar aqui, Roger Torn e a senhorita Cora ficavam na mesma mesa... há uma antiga simpatia entre eles. O diretor do sanatório, que não perde a oportunidade de criar problemas, assim que você chegou, colocou-o entre os dois para os separar.

– E o que devo fazer agora? – perguntou Emanuel. – Talvez pudesse pedir outro lugar no salão...

Ernest se pôs a pensar por um instante.

– Sim, isso seria o melhor. Diga ao diretor que você gostaria de ficar do meu lado...

Na mesma tarde, ao retornar, Emanuel pediu que fosse levado ao escritório da direção, uma sala escura, com uma escrivaninha lisa, sem um único pedaço de papel sobre ela. A única coisa em cima dela era o aparelho de telefone. O diretor estava na sua frente, de cabeça apoiada na mão, como um cachorro satisfeito diante de um osso roído.

Ouviu o pedido de Emanuel com uma boa vontade amarga e profissional.

– Sim, é possível... vou mandar que façam a mudança – disse ele, tentando dar um sorriso que se transformou numa careta típica de quem engoliu muito de uma vez.

À noite, durante o jantar, Roger Torn e Cora voltaram a estar juntos; Cora fez para Emanuel um gesto com a mão, em sinal de agradecimento.

– Ora, está vendo que não sou tão insuportável? – disse-lhe Ernest de passagem.

E chegando à mesa de Emanuel:

– Em homenagem à reconciliação, amanhã à noite, às nove horas, sarau mundano e... dançante, no meu quarto...

Emanuel, cansado, já estava deitado fazia tempo quando ouviu batidas à porta. Ficara o dia todo fechado num salão, com outros doentes. O tempo inteiro chovera, uma chuva fria e aborrecida, com rajadas ásperas de vento que atiravam água nas vidraças das janelas. Em todo o sanatório pairava um silêncio horrendo de lugar abandonado.

– Quem é?

– Já se deitou? Podemos entrar? Viemos pegá-lo...

Era Ernest, acompanhado de Tonio, o argentino alto, amigo da senhora Wandeska.

Emanuel se esquecera do sarau; é verdade que considerara aquilo uma piada de Ernest.

– Só que estou de pijama – disse ele. – Lamento ter de recusar...

60

– Ora essa, pare de frescuras... como se você fosse o único de pijama... – disse Tonio.

Ernest também estava desalinhado, com uma camisa simples e um par de calças. O colete brilhava, estranho, no pescoço, à luz tênue que vinha do corredor. Tonio estava usando um roupão bastante exótico e florido. Naquela noite, andava só com uma muleta.

– Olhe para nós... Será que estamos em traje de gala? Vamos, por favor, deixe de caprichos – insistiu Ernest.

Emanuel não teve escapatória. Ernest e Tonio o tiraram dali no carrinho. O quarto de Ernest ficava no mesmo corredor, mas do outro lado do edifício, dando para a rua.

Deviam ser umas dez horas. Todos dormiam no sanatório. Caminhavam em silêncio pelo corredor. Uma única lâmpada iluminava, anêmica, o andar inteiro.

– Devagar, cuidado... estamos nos chocando contra todas as portas – sussurrou Ernest, enervado. – A direção podia se dignar de colocar mais uma lâmpada no corredor...

– Uma lâmpada?... Por que só uma lâmpada?... Deviam mandar iluminar tudo isso como se fosse dia... – murmurou Tonio, irônico.

O ruído miúdo de vozes que se ouvia surdo vinha do quarto de Ernest.

A entrada de Emanuel foi saudada com aplausos.

– Eis o nosso novo amigo e a mais recente aquisição da direção! – anunciou Ernest.

No quarto reinavam uma confusão e uma desordem inimagináveis. Algumas goteiras com doentes estavam espremidas contra a janela, alguns outros convidados estavam em pé. Emanuel reconheceu Roger Torn e Cora, em carrinhos lado a lado. No canto da janela estava um doente gordo, de pele azeitonada, com nariz aquilino, fumando calmamente um cachimbo. Emanuel suspeitou que fosse

61

Zed. Ernest lhe falara muito dele no dia anterior. Era um ex-piloto de carros de corrida. Todos o chamavam de Zed porque, no passado, costumava ter a inicial Z estampada no uniforme. Ganhara um número assombroso de troféus até o dia em que, num acidente automobilístico, seus pés se desprenderam dos tornozelos. Agora ele ficava deitado na goteira, debaixo de um cobertor que, na altura dos pés, cobria algo mais alto. Ernest lhe explicara que Zed ficava com os pés dentro de um bloco de gesso e que pedaços de dedos e de pele se mantinham presos entre si com ganchos de prata. Um autêntico picadinho de carne!, concluiu Ernest.

E estava também no quarto um senhor que conversava com Zed e duas jovens. Ademais, junto à cama, outro doente deitado num carrinho, vindo de outra clínica. Chamava-se Valentin e tinha um rosto perfeitamente insignificante.

Ernest o apresentou a todos. Uma das jovens era Katty, uma irlandesa.

– Katty e nada mais! – disse Ernest. – Com identidade incompletamente estabelecida... 21 anos... em Berck para estudar os doentes, assim como outras moças de sua idade vão para a Itália estudar obras de arte...

Katty deu uma risada ruidosa. Via-se bem que estava um pouco alterada. De cabelo ruivo todo desgrenhado, com aquele rosto corado e sardento, parecia uma boneca de salão, violentamente maquiada.

Ernest começou a despejar vinho branco numa vasilha, a fim de preparar uma bebida com frutas.

Ajudava-o a outra jovem, uma loira calada e séria, de gestos finos e simples.

Emanuel fixou o olhar nela, fitando-a longamente enquanto descascava as bananas e as maçãs com rapidez e destreza.

Ernest não os apresentara, mas ele a olhava com tanta insistência que a moça percebeu, enrubesceu de leve e murmurou, meio confusa:

– Meu nome é Solange...

E se limpou numa toalha para lhe estender a mão.

Assim que a bebida ficou pronta, Katty fez menção de a servir.

– Um momento! – disse Ernest.

Ainda havia um gole de rum numa garrafa, que ele despejou na vasilha.

A bebida ficou bem forte. Todos tinham copos de vinho; só Tonio e Zed haviam pedido copos maiores. O álcool ingerido e a fumaça densa que flutuava no quarto já haviam desnorteado um pouco Emanuel. Agora ele via todo aquele grupo reunido através de um véu nevoento de vertigem. E o nome gracioso e prateado de Solange persistia dentro dele como uma suave embriaguez extra.

– Isso é refresco para mulheres fracas. Ei, Ernest... não tem outra coisa?

– Conhaque, se quiser. Mas conhaque puro, coisa séria. Algo que, uma vez na garganta, ferve como lava...

– Vamos ver! – disse Tonio.

Ernest apareceu com duas garrafas e começou a tirar a tampa de uma delas.

– Que tal, Zed? – gritou Tonio do outro lado do quarto. – Vamos competir e ver quem é mais rápido no percurso de uma garrafa de conhaque? Ei, rápido, responda...

– Cronometrado ou largando ao mesmo tempo?

Zed tomava tudo como um verdadeiro profissional.

– Largando ao mesmo tempo!

Ernest tirou também a tampa da segunda garrafa e serviu os dois.

Todos agora tinham o olhar fixo sobre eles.

– Um!... dois!... três!... – ordenou Ernest.

Zed levou a garrafa à boca no mesmo segundo que Tonio. Ouviram-se alguns gorgolejos sonoros, depois do que Tonio atirou a garrafa em cima da cama, vazia. Bebera-a em três goles, como se estivesse morto de sede.

– É evidente que você está apaixonado... – disse alguém.

Quem falara? Tonio ficou com o olhar hirto, enquanto pegava um copo de vinho de cima da mesa com gestos hesitantes, levando-o também à boca. Fez-se um instante de silêncio. Valentin, porém, o doente que estava ao lado dele, estava a fim de conversa. Permanecera calado até então e, agora, abrira de repente a boca para dizer besteiras.

– Ora, como se não soubéssemos todos que você está apaixonado pela senhora Wandeska! – disse ele, assanhado, insistente e estúpido.

Dessa vez, Tonio ficou perplexo.

Olhou por alguns segundos em torno de si, para cada pessoa em separado, como se implorasse ajuda: "Olhem só para esse remelento tirando sarro de mim!"...

Ergueu subitamente o copo e disse numa voz solene e quase aos berros:

– Honorável público... todos... todos... aqui presentes, declaro nesta noite... pela minha consciência e pela minha honra que, entre mim e a senhora Wandeska, não há nenhuma espécie de... relação. Somos amigos... só isso... ouviram?

Perdera completamente a cabeça. Valentin com certeza também estava bêbado, pois não queria se calar.

– Aha! Aha! – deu uma risadela. – Como se não soubéssemos que você se encontra com ela toda noite!

– Para conversar, seu animal! Para conversar! – berrou Tonio. – Não sabe que a senhora Wandeska tem um gesso... até a coxa... que segura toda a perna? Que tipo de amor se pode fazer numa circunstância dessas?

Disse isso com grande hesitação na voz; era evidente que o remorso de ter de fazer tais declarações o perturbava, mas não tinha como resistir à embriaguez.

– E daí que está engessada? – continuou Valentin. – Não se pode fazer amor assim também?... Carícias... beijos... nos mais diversos lugares...

Tonio se aproximou dele, rangendo os dentes. Fitou-o nos olhos por um segundo e, em seguida, bruscamente, jogou na cara dele todo o conteúdo do copo que estava segurando.

Valentin, aturdido e com o rosto encharcado, começou a se secar com as mãos. Depois de se recuperar um pouco, pegou violentamente uma caneca da mesinha de toalete e quis atirá-la na cabeça de Tonio.

– Ei, ei, sem derramamento de sangue, se possível! – gritou Ernest, interpondo-se para separar os dois.

– Tonio, você fique deitado aqui... – ordenou ele, empurrando-o para a cama. – Fique quietinho e converse sossegado com seu conhaque.

Ao mesmo tempo, ele levou Valentin em seu carrinho para o meio do quarto, longe do argentino.

– Que animal! Que animal! – balbuciava Tonio, espichando-se nos lençóis. – Se Ernest não houvesse se metido, dava-lhe quatro tapas e o matava na hora!

– Ninguém morre com quatro tapas! – proclamou Zed, calmamente, lá do canto dele, como um árbitro imparcial de partida.

Para amainar os espíritos, Ernest começou a cantarolar uma melodia baixinho.

Todos a repetiram em coro:

"*Votre mari... bididi... bididi...*
Il est dans la soupente..."

– Mais baixo! Mais baixo! – ordenou Ernest.

"*En train de baiser bididi... bididi...*"

Ernest deu um suspiro cômico e todos começaram a rir.

"En train de baiser la servante..."[3]

Era uma melodia triste e monótona, com palavras cheias de obscenidades de um bêbado...

A canção, porém, em vez de animar e despertar as pessoas, mergulhou-as num torpor ainda maior. A chuva do lado de fora batia nas vidraças, o vento chiava com lamentos intensos e prolongados.

Todos permaneceram cerrados na embriaguez como se numa profunda preocupação interior, ruminada em silêncio. Katty se atirara do lado de Tonio na cama e enfiara uma mão no cabelo dele, afagando-o devagar.

– Ei, deixe que passa... Tonio... Tononio... Tonononio...

– O que é isso? – perguntou Tonio, aborrecido.

– Era assim que falávamos chinês na escola – disse Katty num tom infantil.

Valentin se pusera a declamar poemas quando foi de repente interrompido por uma controvérsia irrompida entre Zed e um senhor ao lado dele. Aquele senhor era um engenheiro parisiense que vinha de vez em quando a Berck passar as férias para descansar e caçar patos selvagens no golfo de Authie, famoso por esse motivo.

– E eu lhe digo que com um único tiro eu o acerto – insistia o engenheiro.

Apontava para algo pela janela.

– Apaguem a luz aí! – ordenou Zed. – Na escuridão vamos perceber melhor...

Agora, no quarto escuro, chegavam pela janela reflexos vacilantes do lampião da rua, agitado pelo vento.

– Acerto-o com um só tiro...

---

3 "O seu marido... bididi... bididi / Está no sótão... / está fodendo... bididi... bididi / Fodendo a empregada..." Trata-se de *La femme du roulier*, canção inspirada no folclore francês, famosa na década de 1930. [N.T.]

– Vamos ver... vamos ver – disse Zed com calma.

A aposta dos dois girava em torno da capacidade de acertar o lampião da rua com um tiro de uma espingarda.

– Acho que vocês perderam completamente a cabeça – disse Solange, assustada.

Mas o engenheiro foi para o quarto e retornou alguns minutos depois com uma coisa pesada na mão. Ernest, na escuridão, cochilava e não entendia muito bem o que estava acontecendo, até o momento em que o engenheiro abriu a janela, e uma rajada fria de vento e chuva penetrou no quarto, tirando tudo do lugar.

Agora bem acordado, Ernest cambaleou até a janela.

– Realmente querem fazer isso? Vocês enlouqueceram esta noite?

Chegara, porém, tarde demais. O engenheiro levou a espingarda aos olhos, mirou e atirou.

O tiro ressoou de maneira extraordinária; todos ficaram horripilados. É claro que todo o sanatório devia ter acordado.

O que se seguiria? Palpitavam de preocupação e receio. Tonio, atordoado, acordara e punha para fora todo o conteúdo do estômago, em terríveis estertores.

Na rua, o lampião continuava aceso ao sabor do vento. Ernest se esforçava em vão para fechar a janela, enquanto Solange tentava arrancar da mão de Zed a espingarda que ele pegara do engenheiro.

Estava absolutamente decidido a atirar e nada podia impedi-lo.

– Se você não soltar a espingarda, vou atirar no teto! Estou com o dedo no gatilho – disse Zed, enfurecido.

Ele se ergueu no carrinho, encheu o peito de ar e mirou o lampião do lado de fora.

Ernest se afastou e o segundo tiro ressoou ainda mais forte, mais terrível, mais assustador.

Tudo, ambos os tiros, durara menos de um minuto.

Na rua, o lampião apagara: no alvo.

A consternação geral impediu que os presentes no quarto ainda protestassem. Zed apoiou a espingarda numa cadeira. Ernest fechou a janela devagar, com gestos amortecidos, como se uma imensa catástrofe, contra a qual nada mais podia ser feito, houvesse ocorrido. Batia os dentes de frio e de nervoso; procurava uma palavra dura o bastante, violenta o bastante para se livrar do terror que o tomava, mas os tiros ainda o mantinham esmagado debaixo daquele cruel assombro.

Emanuel assistira a toda aquela cena, impregnado da mais vívida impressão de que nada daquilo acontecia de verdade. Fazia alguns minutos, mais exatamente desde a briga entre Tonio e Valentin, que em torno dele todas as coisas haviam assumido um aspecto ininteligível e artificial. Aquela gente seria gente mesmo? Parecia ter assistido a uma encenação ridiculamente falsa e inútil. Será que aquela gente seria capaz de continuar aquele teatro até o fim, com tanta seriedade?

Os tiros, em vez de o desentorpecer, fizeram-no cair ainda mais profundamente na perplexidade e na alucinação. Os tiros foram a gota d'água que, com seu estampido, demoliu toda a realidade, fazendo-a se desmanchar na madrugada. Tudo o que viria a acontecer de agora em diante só podia ser lasso e lânguido, como num universo construído de pano e algodão. Emanuel não tinha mais forças para imaginar o que ainda se seguiria. Tudo era possível...

Zed murmurava sem parar:

– Viram como acertei? Sou doente, mas sou gente... aha... aha... mesmo estropiado do jeito que estou, ganhei de um caçador... aha... aha...

Pediu mais bebida. Nele, a embriaguez se transformava naquela seriedade triste com que os bêbados se obstinam em cometer coisas absurdas.

Ernest andava para lá e para cá, sem encontrar seu lugar no quarto:

– E agora? O que vai acontecer? Amanhã de manhã o diretor vai nos colocar todos para fora... Que loucura!

Desde que a espingarda disparara no sanatório, começou-se a ouvir portas abrindo e fechando, sussurros e passos no corredor. Ernest colou o ouvido à porta para prestar atenção naquele barulho.

No fim de um dos corredores, em algum lugar, uma porta bateu com estrondo.

– É o diretor! Está vindo investigar! O que é que eu vou dizer agora?

Todos ficaram com a respiração entrecortada pela intensidade da espera.

– Por favor, silêncio agora!... o mais completo silêncio... – Ouviram-se alguns passos arrastados se aproximando do quarto.

Ernest girou devagarzinho a chave na fechadura.

– Silêncio! – sussurrou. – Achei que era o diretor, mas...

Alguém bateu à porta.

No quarto reinava o mais perfeito silêncio.

– Ei, abra! Abra, senhor Ernest! O que é isso? O que é que vocês estão armando?

Era a voz estridente de uma velha. Começou a forçar a porta, chilreando como um pássaro.

– Abra! Abra a porta...

– O que foi? Quem está aí? – perguntou Ernest de dentro do quarto.

– Abra, senhor Ernest, senão vou chamar os maqueiros pra arrombar a porta... Sou eu, a vigilante noturna... vamos, abra!

– E o que exatamente você quer de mim? – perguntou Ernest, extremamente calmo.

69

– Ainda pergunta o que eu quero? Vocês ficam aprontando com bebida, se embriagando, atirando com espingarda... Isso aqui é o quê, um sanatório ou uma taberna?

– Um bordel – exclamou Ernest, imperturbável.

E pôs-se a gritar por sua vez:

– O que você quer? Quem a mandou? Quem atirou com espingarda? Ficou maluca? Olhe, eu também acordei e ouvi os tiros... alguém atirou na rua... Mas eu sou o quê, polícia? Vá lá ver quem atirou... e deixe-me em paz...

Alguém no quarto ao lado bateu na parede, protestando contra o escândalo.

– Os tiros partiram daí – disse de novo a furiosa voz estridente do lado de fora. – Vou chamar o diretor...

Ernest destrancou e, num gesto brusco, escancarou a porta.

Estava agora frente a frente com a vigilante, ele alto, de ombros largos, ela uma velhinha frágil em roupão branco de serviço, aparição esquelética à luz pálida do corredor, fantasma esquálido no meio da madrugada.

– Ouça! Você quer o quê? Pode me dizer com clareza o que você quer?... Por que veio direto até mim? Sou sempre o bode expiatório neste sanatório... Quando derramam vinho no piano do salão, cadê o Ernest? Foi o Ernest que derramou... Quando se ouve uma bagunça em algum lugar, vamos correndo até o Ernest... Quando alguém dá um tiro, Ernest... o eterno Ernest. Por favor, diga ao diretor que amanhã vou embora daqui. Estou farto... Está ouvindo?

A vigilante ficou imóvel e muda de estupefação debaixo daquela veloz avalanche de argumentos. Ernest protestava com tanta veemência e sinceridade que era de esperar sentir dó daquele rapaz tão perseguido.

A vigilante agora se encontrava numa embrulhada da qual não sabia como sair.

– Está bem... Está bem... vou falar com o guarda noturno – murmurou ela, confusa, afastando-se pelo corredor, ao tilintar do molho de chaves que acompanhava seus passos arrastados.

Ernest voltou fulgurante para o quarto.

– Vocês viram? Quem quiser apavorar essa velhinha é só dizer que vai embora do sanatório. Trabalha aqui faz quarenta anos e se apegou à rotina... assim como o bolor se apega às paredes...

Agora era difícil levar de volta cada doente para o respectivo quarto, Ernest se sentia exausto demais, suas costas doíam, e nem pensar que Tonio o ajudasse. Ele adormecera de novo na montanha acre e fedorenta dos restos de comida. Todos decidiram permanecer dormitando no quarto e, ao amanhecer, dariam alguns francos a um maqueiro para que cuidasse deles, sem que ninguém ficasse sabendo.

Do lado de fora a chuva cessara. Ernest entreabriu a janela para expulsar o cheiro pesado de vinho e cigarro. Zed dormia de boca perfeitamente aberta em forma de O, como se, enquanto dormia, continuasse surpreso com seu tiro exitoso.

Emanuel não conseguia ver Roger e Cora, mas, pelos sussurros apaixonados e diversos rangidos dos arcos dos carrinhos, imaginava onde estavam, com as goteiras lado a lado.

À luz de um fósforo que Ernest acendera para procurar uma caneca d'água, Roger e Cora foram por um instante revelados, virados de lado, abraçados.

– Esfregam o gesso um no outro, mais que isso é impossível – sussurrou Ernest ao ouvido de Emanuel.

E Solange? Onde estava Solange?

Emanuel a descobriu junto à janela, contemplando a madrugada. Do lado de fora, a escuridão se tornava cada vez mais transparente e destramada e, tendo-a por fundo, Emanuel se esforçava por definir a silhueta exata de Solange. Sobre o quarto, um silêncio completo se abateu.

– Vá mais para lá, seu brutamontes! – disse Ernest, empurrando Tonio e se deitando também ao lado de Katty.

Valentin dormia como uma pedra, respirando pelo nariz com um ruído agudo. Seu ronco cobria o silêncio do quarto como uma rede de sons se entrelaçando sozinha, por cima dos corpos deitados... Emanuel adormeceu sabe-se lá quando, fitando fixamente a janela, aquela mancha incerta que era Solange.

—

Despertou atordoado ao alvorecer, mais triste que cansado. Persistia no quarto aquela melancolia acre que se segue às festas. A atmosfera do "sarau" fora absorvida por um ar cinzento, irrespirável, com a clareza desoladora de uma manhã nublada.

Solange partira fazia tempo. Katty e Tonio também. Ernest, com um maqueiro, se esforçava agora por tirar o carrinho da senhorita Cora.

Tão logo ela foi embora, Roger Torn tirou a manta que o cobria e olhou atento para o colchão.

– Ai, que porcaria! – exclamou ele, profundamente contrariado. – Molhou tudo, o colchão, o pijama, tudo...

Estava com fístulas abertas e seu curativo provavelmente havia sido mal feito.

– Quê? Que foi? – perguntou Valentin, de ressaca. – Vazou?

– Sim... e como... que droga! Até as oito, quando abre a clínica, vou ter que ficar nesta poça...

Emanuel, ali de onde estava, foi capaz de ver o lençol cheio de líquidos esverdeados, purulentos.

72

Ernest e o maqueiro voltaram e contemplaram também eles o desastre.

– Não ficou traquinando a noite inteira? – disse Ernest. – Bem feito!

– Ora, por favor, não me venha com sermões às cinco da manhã – respondeu Roger Torn, amargurado.

Era a vez de Emanuel ir embora; fez um sinal com a mão para os outros, cumprimentando-os.

Ernest empurrava o carrinho enquanto bocejava de boca escancarada.

Vendo-se de novo sozinho no próprio quarto, Emanuel teve a impressão de que o dia se tornara mais vazio... mais desolador... Um vazio atroz se instalou no seu peito, como uma necessidade urgente de respirar, ou de chorar.

NAQUELA MANHÃ, EMANUEL TERIA DORMIDO ATÉ A HORA da refeição, não houvesse recebido uma visita inesperada.

Arregalou os olhos ao ver entrar o doutor Cériez, acompanhado de duas enfermeiras.

"Decerto veio me repreender pela festa da noite passada", pensou. Tinha vergonha de receber uma lição de moral estando deitado, enquanto o doutor o observaria de cima, sem poder evitar seu olhar, ou sem poder escapar de sua posição submissa, deitado no carrinho como um animal pronto para ser dissecado.

– Ainda está dormindo a esta hora? – perguntou o médico com sua voz caudalosa e jovial.

Aquele tom amistoso irritou terrivelmente Emanuel. Sentiu uma onda de calor por baixo do cobertor.

– Quer que eu lhe comunique uma notícia desagradável com esse tempo tão feio? – continuou o médico com a mesma bonomia.

"Provavelmente vai me anunciar que serei expulso da clínica", imaginou Emanuel, erguendo rápido a cabeça, sorrindo apático e tentando assumir um ar de canalha.

– Pois então, vou lhe dizer por que vim. Queria lhe perguntar se gostaria de fazer o gesso hoje. Mais cedo ou mais tarde você vai ter de usá-lo... As vértebras têm de ser fixadas se quisermos curar o ponto afetado. O que me diz? Fazemos hoje ou adiamos para amanhã?

Emanuel suspirou aliviado; muito contente de que não se tratasse da festa, não pensou mais no gesso e concordou de imediato, efusivo:

– Claro, hoje mesmo!... Com certeza!... Vamos fazê-lo! Acho que já me acostumei à posição horizontal, de modo que será fácil aguentar...

– Você é o primeiro doente que se alegra com o gesso – disse o médico, sorrindo. – Os outros, geralmente, diante da notícia, fazem uma cara desesperada.

Um maqueiro o conduziu até a clínica.

Emanuel, naquele quarto branco e antisséptico, em meio a aparelhagens ortopédicas, sentiu de repente um aperto no coração e, num rápido acesso de sinceridade, arrependeu-se do entusiasmo de pouco antes.

"De qualquer modo, é preferível um gesso a uma lição de moral", refletiu, aturdido, tentando se animar. Seus pensamentos se confundiam um pouco e, de tudo o que o rodeava, claro e inteligível era apenas o odor forte do ácido fênico.

Eva, a enfermeira, tirou seu pijama.

– Foi uma festa de arromba, hein? – murmurou ela, baixo o bastante para que o médico não escutasse.

Gostava de se insinuar na intimidade dos doentes para ser considerada amiga deles. Por outro lado, fofocava sobre todos na presença do médico. Ernest já a flagrara diversas vezes contrabandeando notícias falsas.

Emanuel fingiu não saber do que se tratava.

Nesse meio-tempo, o médico já estava pronto e queria começar. Vestira um avental largo, fechado até o pescoço, e calçara botas de borracha para que o gesso não borrifasse nele.

Fazia bastante frio na clínica.

– Logo você esquenta – sussurrou Eva, pérfida, irritada com o fato de Emanuel ter recusado suas gentilezas.

Vestiu-o com um pulôver fininho, branco, como uma camiseta esportiva. Emanuel, olhando-se no reflexo convexo de uma caixa niquelada, achou que ficava bem nele.

– De agora em diante esse pulôver vai ficar sempre com você, até o dia em que retirarmos o gesso – disse o doutor.

Aquelas palavras dissolveram qualquer graça.

Puseram-no deitado de bruços sobre duas mesas unidas uma à outra. Separaram-nas em seguida, de modo que Emanuel ficou com o meio do corpo suspenso no vazio, servindo de ponte entre elas.

Nas bacias em cima das cadeiras, estavam à espera o pó branco, a água quente e as faixas de pano.

A operação não era nada complicada: o doutor pegava uma faixa por vez, passava-a no gesso e a umedecia na água. Aplicava-a em seguida, de comprido, nas costas de Emanuel como uma compressa. Paf! Uma... Paf! Mais uma!... Aderiam às costelas, ao peito... ao quadril... grudavam na sua pele como animais pegajosos, vivos, insinuantes. O doutor trabalhava com a rapidez de um pedreiro por cujas mãos os tijolos passam voando. Espremia o gesso escorrido com a palma aberta, espalhava-o de leve e o modelava no corpo. As faixas caíam encharcadas uma após outra, encerrando Emanuel numa túnica branca, do pescoço ao quadril.

De fato, começara a esquentar, não era desagradável nem doloroso. Ele sentia como, por dentro do colete, aderia a ele uma umidade morna, prazerosa – e como, de vez em quando, um fio d'água escorria ligeiro desde o alto dos ombros, arrepiando-o com uma fina caligrafia tátil.

O dorso agora estava pronto. Precisavam engrossar o gesso na frente, no peito. Começara, aliás, a endurecer.

– Vamos ver, você pode se virar sozinho de barriga para cima? – perguntou o médico, aproximando as mesas.

– Sim... agora mesmo... – respondeu Emanuel precipitadamente, apoiando-se num canto da mesa para tentar girar.

O que era aquilo?

Ficou estupefato. Quantos milhares de quilos estava pesando? Era impossível se mover. Estava deitado inerte, com todas as forças anuladas, prisioneiro no colete. Então era isso!

A carapaça o mantinha hermeticamente fechado, imóvel, dominado por ela, como se esmagado sob uma pedra. "Adeus, Emanuel!", disse a si mesmo. "Você se tornou um homem morto." E sentiu um nó subindo pela garganta.

– O que devo fazer agora? – perguntou ele.

A enfermeira e o médico o viraram de barriga para cima. Manobravam-no como um manequim sem vida. Erguiam-no, giravam-no, colocavam-no devagarzinho na mesa para não machucar... Emanuel, desapossado de todos os movimentos normais, sentiu-se terrivelmente nulo, o que jamais sentira a não ser em sonho.

O médico recortou, na altura da barriga, um quadrado para manter livre a respiração.

Com a tesoura, ele ainda arredondou o colete na altura do púbis e do quadril. Ao erguer um pouco a cabeça para se ver até a ponta dos pés, Emanuel descobriu ter-se transformado numa estátua completamente híbrida, estranha combinação de pele e gesso.

Conduziram-no de volta ao quarto. A enfermeira levou garrafas de água quente para secá-lo mais rápido. Do lado de fora, recomeçara uma chuvinha teimosa, que tamborilava na janela. Ligaram a calefação, e as garrafas de água quente foram colocadas em torno do gesso. O agradável calor anterior das compressas agora se transformara numa umidade que chafurdava por dentro do colete à menor tentativa de movimento. Estava deitado de cabeça para cima, olhando as rachaduras do teto. Quanto mais tempo passava, mais o gesso endurecia e a umidade se tornava cada vez mais fria. O calor das garrafas de água não conseguia chegar até debaixo do colete. Trouxeram-lhe comida, mas ele não tocou em nada. Para que enfiar alimento para dentro daquela caixa de gesso?

Ernest veio vê-lo logo após o almoço.

– Vestiram você com o uniforme! Entrou na turma!... – exclamou ele. – Pegaram-no justo depois da festa. Acho que já passou a ressaca.

Deitou-se na cama do quarto, do lado do carrinho, e acendeu um cigarro.

– Que malucos o Zed e aquele engenheiro! Toda aquela história poderia ter dado um grande escândalo...

Emanuel se lembrou da noite passada no quarto de Ernest, mas agora, à luz da tarde chuvosa, no silêncio miudamente harmonizado pelo sibilo da calefação, todos os detalhes exatos daquela noite se dissolviam num calmo desespero. Como se nada houvesse acontecido, como se nada mais existisse além do invólucro úmido e frio do colete.

Ernest acompanhava o escorrer sinuoso dos fios d'água pela vidraça. Aquele dia de outono também o deixara pensativo.

– Gosto quando chove... – disse ele finalmente. – Esse é o tempo que corresponde a nós, doentes. Chuva, céu encoberto, frio... sabemos então que todos se reduzem ao mesmo quarto de quatro paredes... à mesma tristeza.

Emanuel o compreendia de todo o coração.

– Quando está bonito lá fora, quando está quente e faz sol – continuou Ernest –, as coisas me parecem terrivelmente inúteis e incompreensíveis. O que alguém pode fazer a alguém em meio à transparência do cenário? E mesmo que fizesse algo... é demasiado claro... demasiado visível e demasiado ininteligível. O mistério mais perturbador talvez seja aquele que se nos apresenta na mais simples evidência. Prefiro esses dias tristes e chuvosos, quando ficamos encolhidos dentro de casa e guardamos em nós a compreensão do cachorro surrado...

Ambos permaneceram calados por algum tempo, escutando a chuva. Emanuel fechou os olhos.

– Quer que o deixe dormir?

– Impossível... Estou numa poça horrenda. A umidade parece entrar por debaixo da minha pele... até os ossos... até o coração... Parece subir devagar até a cabeça...

– De fato é muito desagradável – assentiu Ernest. – Conheço isso, sei o que significa... Ainda vai durar dois ou três dias até secar... depois, você não vai nem sentir.

Emanuel pensou horrorizado naqueles "dois ou três dias".

– Você acha que vou conseguir me acostumar a isso? – disse ele, dando um soco furioso na carapaça. – Sempre que fizer um movimento, o gesso vai me segurar e vai me recordar que estou hermeticamente fechado nele.

– Vai se acostumar... vai se acostumar; vai conseguir se mexer quanto quiser... você vai ver... o gesso vai acompanhar seus movimentos como se fosse uma simples camisa...

Ernest se ergueu para sair.

– Quero lhe perguntar uma coisa – disse Emanuel. – Quem é aquela senhorita alta, loira, que esteve ontem à noite conosco? Chama-se Solange.

– Ah, Solange! Ela também é uma ex-doente. Ficou também na goteira como você. Como deve ter visto, curou-se admiravelmente bem. Mas não é senhorita... é senhora... era casada e, ao ficar doente, foi abandonada pelo marido. Muito elegante e gentil da parte dele, não é mesmo?

– E então o que ela faz agora aqui em Berck?

– Olhe, isso é algo bastante estranho... Berck é mais do que uma cidade para doentes. É um veneno muito sutil. Entra direto no sangue. Quem já morou aqui não se sente mais à vontade em lugar nenhum do mundo. Você também vai sentir isso um dia. Todos os comerciantes, todos os médicos daqui, os farmacêuticos, até mesmo os maqueiros... todos são ex-doentes que se viram incapazes de morar em outro lugar.

– E a Solange? – perguntou de novo Emanuel, para voltar ao assunto que tanto lhe interessava.

– Mora sozinha aqui. Ganha seu pão sozinha. É datilógrafa num escritório de advocacia.

Ernest abriu a porta. Emanuel o deteve.

– Eu poderia falar com ela? Poderia vê-la?

– Aha! Então se trata de algo sério! Você se apaixonou por ela? Conheço isso também... é algo parecido com o gesso, mas no avesso: tortura seca e ardente. Acho que amanhã vou falar com ela e a chamarei até aqui. Pode ser que venha, até logo!

E deixou Emanuel na umidade, na solidão e na mais plena impaciência.

A UMIDADE SE TRANSFORMOU, DURANTE A NOITE, numa túnica de febre e pesadelos. Bastava Emanuel cochilar por um só instante para ele mergulhar num pântano. Era um dia ensolarado de inverno, de neve que derretia dos telhados. Nadava de galochas na água, mas a luz do sol cobria a rua. Sol! Sol! Como bolas de fogo que jorravam em todas as direções! Fogos de artifício – mas em plena luz do dia, na neve! Ofuscante! Isso Emanuel sempre quisera. Ser acompanhado por uma moça ao sol, num dia como esse. Solange. Talvez. Violetas ainda úmidas da fecundidade do húmus. Que aroma! Está vendo aqueles dois pássaros brancos que voam de telhado em telhado? São nossas almas... Obstáculo e desmoronamento. "Na sombra aguardarei melhor o sol e a Solange..." Na sombra todas as coisas ficam azuis. Depois, as ventosas... é assim que tem de ser... a beatitude tem sempre de ser absorvida pela sombra e pelas ventosas... ventosas glaciais e gelatinosas...

Emanuel acordou e acendeu a luz.

Em certos pontos, o gesso pesava litros inteiros de água. Às vezes surgia, junto a uma costela, um espaço neutro em que se podia respirar livremente por um instante, mas noutro ponto ele logo aderia ao frio. A luz elétrica ampliava tudo e multiplicava o suplício com cada objeto. A escuridão era mais suportável.

No escuro, Emanuel delimitava o mapa da umidade e da tortura. Havia promontórios pontudos que lhe entravam profundamente nos ossos... noutra parte, lugares calmos e extensos de umidade fria... depois, baías de relativa tranquilidade. Surgia-lhe à mente a imagem de Solange. Mas se tornara impossível separar a recordação de seu olhar azul e cristalino do mofo repugnante da umidade.

Começou a tiritar de frio. Depois passou o frio, mas ele continuou tremendo de nervoso.

Finalmente, adormeceu, esmagado pela exaustão. Sentiu como o sono o dominava, sabia que não dormia, que estava apenas mergulhado numa moleza alerta, mas não tinha mais forças para pensar naquelas coisas. Flutuava em águas pesadíssimas e fatigantes...

—

Naquela manhã, Emanuel ficou o tempo todo no salão com outros doentes, crianças, senhoras idosas que tricotavam, imponentes em suas goteiras como estátuas hindus. Escorria pelas paredes uma tinta verde e pálida, como uma terrível enfermidade secreta do aposento.

Emanuel, envolto até o pescoço por cobertores brancos, mal podia mexer um pouco a cabeça, fosse para a direita ou para a esquerda.

Podia ver a "marquesa", uma ex-professora sempre ostentando um vestido de veludo violeta, com braceletes e anéis nos dedos, medalhões e rendas ornando seus enormes seios defuntos.

Num canto, um garoto de seus 10 anos moía, com a manivela de uma caixinha de música, o refrão persistente e enervante das mesmas três notas menores. Era filho de um comerciante de Viena. Seu pai ficava ao lado dele, fazendo-lhe cafuné.

Todos conversavam. Emanuel caiu no meio deles como uma nova presa, fácil de ser capturado. Todos começaram a querer saber do gesso dele. Emanuel respondia com gentil enfado. Inquietava-o uma espera secreta. Ernest descera até o telefone para perguntar a Solange se poderia ir ao sanatório.

– De qualquer modo, agora de manhã ela trabalha, talvez à tarde... – disse Ernest. – E o que vou dizer a ela? Que motivo devo lhe dar?

Emanuel pensou por um instante.

– Diga-lhe simplesmente que desejo vê-la...

Ernest não voltava mais. Emanuel, impaciente, começou a responder ao contrário às perguntas dos que o rodeavam.

– Está com dor de cabeça? – perguntou a "marquesa".

– Sim, uma dor terrível... de cabeça e de garganta... e o quadril esquerdo... – respondeu Emanuel com infinita seriedade, e foi logo deixado em paz.

Finalmente, ouviram-se os passos de Ernest.

– Está vindo! – Ele fez um sinal discreto, piscando manhoso o olho já ao entrar.

Emanuel sentiu na mesma hora um enorme peso se evaporando do gesso.

Mas Solange atrasou e só chegou quase na hora da refeição. Os maqueiros haviam começado a levar os doentes para o elevador. Emanuel pediu que fosse levado ao quarto. Seguiram-no pelo corredor Ernest e Solange.

Uma das sensações estranhas relacionadas àquela doença era a de ser acompanhado por pessoas sadias enquanto empurrado no carrinho. Algo parecido com o caminhar de uma família seguindo um cadáver numa maca... ou com o de viajantes apressados que seguem o carrinho de bagagem.

Emanuel queria ficar ao menos um instante sozinho com Solange. Ernest compreendeu sua vontade e fez menção de sair, mas Solange o reteve.

Fez várias perguntas relativas ao gesso.

– É bastante desagradável... não é? Eu também fiquei engessada durante oito meses, e agora já esqueci tudo...

Não havia nenhuma cadeira no quarto. Solange se sentou na cama ao lado de Emanuel. Aproximou-se tanto que ele pôde sentir seu perfume, uma mistura inconfundível de tangerina e lavanda, um perfume refrescante que aderia perfeitamente à blusa simples que estava usando, de flanela azul com gola branca dobrada, de aluna primária. Toda a graça daquela jovem mulher vinha de certa aspereza no vestuário, nos gestos, no perfume...

Conversaram sobre coisas insignificantes enquanto Emanuel se esforçava por descobrir como poderia fazê--la vir mais uma vez até ele, sozinha.

De repente, ele começou a gemer, muito discretamente no início, depois intensificando o gemido até o exato limite em que os outros podiam ouvi-lo e achar que estava se sufocando.

– Que foi? – perguntou Solange.

Emanuel se deteve e franziu o cenho. Tinha de interpretar bem, de maneira clara, para que vissem como sofre em segredo e que, apesar de tudo, estoico, prefere se calar.

– Ah... nada, absolutamente nada – disse Emanuel com tanta contrição que os outros se assustaram.

– Mas estou vendo que está sentindo dor, tem de nos avisar... Fique sabendo que não irei embora até saber o que está doendo – disse Solange, tomada por súbita compaixão.

Emanuel exultou, mas protestou de novo no mesmo tom melancólico:

– Garanto a vocês... que não é nada... vai passar...

Solange parecia sinceramente aflita.

– Ai, vamos, diga o que você tem...

– O fígado – murmurou Emanuel (jamais sofrera do fígado em toda a sua vida).

– Onde está doendo?... mostre-me... – disse Ernest.

Emanuel nem sabia ao certo onde se localizam as dores numa crise de fígado. Mostrou com a palma aberta todo o peito e metade do ventre. Era suficiente, ao seu ver.

– Uhh! – surpreendeu-se Ernest. – Essas dores vêm irradiadas da cintura...

– E a crise resolveu aparecer justamente agora que puseram o gesso...

– É horrível – sussurrou Emanuel, enternecendo-se tanto consigo mesmo que quase lhe vieram lágrimas aos olhos.

– O que podemos fazer? – perguntou Solange.

Naquele momento, trouxeram-lhe a bandeja da refeição. Emanuel estava morto de fome.

– Acho melhor você não comer nada – aconselhou Ernest.

– Sim... sim – concordou Solange. – Um chá, um chá simples, com torradas.

E a empregada foi embora com a bandeja intocada, deixando para trás o delicioso rastro de um aroma de sopa quente. Emanuel agora ficara realmente triste, mas precisava interpretar a comédia até o fim.

– Já estou melhor – murmurou ele.

– Fique quietinho, viu?, e vai passar. Lamento terrivelmente não poder ficar mais – disse ela, olhando para o relógio. – Lamento também que você esteja sofrendo tanto...

Uma breve crise no fígado crispou de novo a face de Emanuel, que a suportou admiravelmente.

– E não é só isso... – murmurou ele. – Todas as dores, todos os gessos não são nada comparados ao suplício horrendo e assustador de ficar sozinho num quarto... cada dia... cada dia...

Ernest agora entendera tudo e deu uma tossida, concordando.

– Por que você não vem vê-lo com mais frequência? – perguntou Solange para Ernest, que permaneceu calado enquanto Emanuel continuava gemendo.

– Está bem, virei eu vê-lo – disse Solange, heroica. – Quando? – parou para pensar. – Domingo, por exemplo. Domingo estou livre o dia todo...

– Obrigado... muito obrigado – gemeu Emanuel num último esforço de humilhação e palhaçada.

– Mas, por favor, não esqueça – disse Ernest.

Ambos foram embora. Sozinho, Emanuel teve um breve momento de distensão. Trouxeram-lhe então o chá.

– E o resto... – pediu ele. – Traga a bandeja toda... com a comida, tudo... estou com fome... a crise passou...

E mandou de volta a bebida anêmica e xaroposa, para a grande surpresa da empregada.

—

Durante a tarde, Emanuel não pôde se queixar de ter sido abandonado. Muitos doentes vieram visitá-lo, em primeiro lugar Tonio, que andava amargurado: poucos dias antes chegara da Polônia um parente da senhora Wandeska, um certo primo, com a incumbência de levá-la para casa.

– O que é que eu vou fazer sozinho? – lamentava.

Sentia-se torturado sobretudo pelo enigma daquele primo jovem e bastante vistoso que poderia ser, eventualmente, um amante...

Depois, Zed, de carrinho, fez-lhe uma breve visita e, ao anoitecer, quando ficou sozinho de novo, apareceu Quitonce, o doente que andava com duas muletas, arremessando os pés.

Ele ficou por mais tempo.

Era bem jovem, apesar das têmporas grisalhas. Parecia jamais pensar em sua enfermidade. Mas falava dela:

– Está entendendo? Sou doente desde criança. Conheço todos os médicos, todas as enfermeiras, todos os sanatórios da Europa. Há escroques internacionais que percorreram o globo inteiro e que sabem exatamente em que cidade e em que firma podem dar um golpe exitoso. Conheço de cor a geografia das clínicas para doenças ósseas. Posso muito bem dizer em qual sanatório da Suíça as enfermeiras são gentis, e onde na Alemanha se faz o melhor gesso... Sou especialista... Na minha profissão de doente, já deixei o diletantismo pra trás. Tornei-me um verdadeiro "profissional".

Quitonce era filho de um famoso engenheiro de Paris. Emanuel vira uma vez, no jornal, um retrato do engenheiro Quitonce na inauguração de grandiosas obras técnicas.

– Você é um herói da doença, não um profissional... – disse Emanuel.

– O que é ser um herói? – sobressaltou-se Quitonce. – Se conquistar algo neste mundo significa ser herói, então eu não conquistei nada e não sou um herói. Olhe, vou lhe dizer o que é essa história de heroísmo dos doentes...

Deteve-se por um instante para respirar, tinha um pouco de asma e isso dava tranquilidade e um grande charme ao seu discurso. Sua fala sossegada, num tom uniforme, se mantinha, porém, apenas enquanto permanecia sentado. Tão logo se levantava, punha-se em funcionamento o mecanismo estremecedor dos pés e todo o resto do corpo sacudia junto, como uma usina que vibra inteira quando nela funciona um motor potente.

– Para ser um herói, para chegar a tal objetivo – continuou Quitonce com uma leve fadiga na voz –, são necessárias uma certa energia e uma certa vontade para ultrapassar um grande número de obstáculos. Ora, todo doente dispõe disso. Ao longo de um ano, um doente lida exatamente com a mesma quantidade de energia e de vontade necessária para conquistar um império... Só que a consome em perda pura. Eis por que os doentes podem ser chamados, no máximo, de heróis negativos. Cada um de nós é um "que não foi César", embora atenda todas as condições para ser. Está entendendo? Encerrar todos os elementos de um César, mas ser... um doente. Essa é a forma supremamente irônica do heroísmo.

Passava a mão pela face como se alisasse uma máscara. Parecia de certa forma preocupado com algo que extrapolava o que ele mesmo dizia.

– Dentro de duas semanas ou um mês, não sei com exatidão, terei de ser operado de novo. Será a 12ª operação da minha vida... Cortaram meus dedos podres, pedaços do crânio. Olhe as cicatrizes aqui... e ali... e aqui. Então, se eu ainda precisasse de heroísmo para suportar essa nova prova, eu me suicidaria... não resistiria...

– Mas vai suportar – disse Emanuel.

– Claro... claro... mas "além" do heroísmo... nem com coragem... nem com esperança... com nada. Guardo para a cirurgia uma sensação absolutamente neutra, a mesma que tenho quando bebo um copo d'água... nem coragem nem covardia... bebo um copo d'água, e só.

Passou de novo a mão pela face e ficou calado, com o rosto na mão. Escurecera no quarto, mas Emanuel não quis acender a luz para não interromper o encanto daquele início de amizade.

– Fiz tudo na vida – retomou Quitonce –, experimentei a gama toda, das dores até... eu ia dizer volúpias... até as besteiras... Acenda um pouco essa luz!

Tirou do bolso uma carteira volumosa e começou a escarafunchá-la.

– Dê uma olhada nelas...

Entregou a Emanuel um pacotinho de fotografias.

Eram todas fotos pornográficas, muito bem tiradas. Em todas elas se repetiam o mesmo corpo nu de homem vigoroso, em plena tensão viril, e duas mulheres de corpo finamente modelado.

Observando com mais atenção, Emanuel percebeu que o homem hipersexual era o próprio Quitonce.

– Sempre reencontrava minhas forças entre uma cirurgia e outra – explicou ele. – Que tal? Excitantes, não?

Emanuel foi torturado por uma pergunta que não fez. "Será que, durante o ato sexual, Quitonce arremessava os pés do mesmo jeito que caminhava?" Era ridícula a visão de um palhaço freneticamente desencadeado, lançando o corpo trêmulo enquanto fazia amor. Devolveu as fotografias, agradecido.

– Excitantes, hmm? – repetiu Quitonce, estalando a língua.

Naquela noite, Emanuel foi corroído por terríveis apetites. Era um sofrimento único e horrivelmente limitado. O sexo se transformara numa dor viva, num áspero suplício interior da própria pele, que arrancava do púbis, com exaustiva virilidade, toda a calma necessária que ainda restava para alimentar o sono. Era uma suprema vigília profundamente fincada na carne, um supremo esforço prisioneiro...

E depois, de manhãzinha, no interior do gesso que secara, começavam as coceiras na pele. Era um novo sofrimento, uma nova tortura, uma nova dilaceração fria, alucinante. Em vão Emanuel fazia deslizar suas mãos impotentes por cima do colete. Suas unhas arranhavam só a túnica grossa de gesso. Por dentro, certas áreas inteiras de pele ardiam e a irritação crescia freneticamente, como um despejar de ácidos ou como uma garra miúda que passeava pela mais fina rede nervosa.

Fechou os olhos e apertou com força as pálpebras, sentindo que não podia mais conter tanta irritação calma e demente. Tentou se coçar, esfregando-se na face interna do gesso, mas novos territórios de pele se incendiavam com o frenesi da coceira, enquanto a dor da sexualidade continuava crescendo, em paralelo com a irritação da pele.

Emanuel reuniu de novo, com força, todas as fibras do rosto e se concentrou numa suprema resistência.

De punhos cerrados, as pálpebras contraídas, encolhido e reduzido ao mínimo, decidiu esperar que o ardor que tomara seu corpo se consumisse.

ENFIM CHEGOU O DIA DE DOMINGO. A CHUVA CESSARA. Todos os doentes foram levados para tomar ar. Estavam alinhados, deitados nos carrinhos, debaixo de um toldo estreito, de lona suja, que já tinha sido amarela e agora estava descolorida pela chuva. Diante deles se erguia o obsedante e sombrio edifício do sanatório. Alguns pobres metros de grama seca e uns dois tufos de roseiras murchas formavam todo o jardim. Era um jardim humilde e triste, circundado por muros como um animal agonizante numa jaula.

Emanuel se cobrira bem com duas mantas para que o vento frio não entrasse por baixo do gesso. Da direção do oceano vinha uma brisa cortante e úmida, impregnada do cheiro forte de algas e putrefação.

Esperava Solange com impaciência, embora soubesse muito bem que ela não viria de manhã.

Acendeu um cigarro e começou a fumar, sossegado, a fumaça se enrolando num fio azul quebrado pelo vento, que Emanuel acompanhava inerte, calado, sem pensar.

Toda aquela noite terrível de suplício e aflição surpreendentemente se evaporara no ar amplo da manhã de outono. A toalete com água fria, no quarto, refrescara-o como uma pele nova recobrindo as faces e as mãos. Passou a esponja embebida em água, de maneira absurda e inútil, também pela túnica de gesso, como uma satisfação de ordem estritamente moral. Em seguida, vestiu a camisa corretamente, como se cobrisse um corpo bem lavado. O gesso do lado de dentro secara quase por completo.

Emanuel ficou no jardim, isolado dos outros doentes, até a hora da refeição. À tarde fechou-se no quarto, tremendo de espera.

No sanatório reinava, vazia, a atmosfera de tédio das tardes de domingo. Ressoava de vez em quando, de dentro de um quarto, o eco rouco e desbotado de um disco de gramofone, para que em seguida o silêncio retornasse mais pesado e mais hipnotizante. Ouvia os mínimos ruídos do corredor. Será que dessa vez seria Solange? Os passos se aproximavam enganosos e de repente se transformavam em passos indiferentes de um estranho, como num experimento de prestidigitação com uma rápida substituição de objetos.

Em vão esperou até o anoitecer.

Solange não viera naquele dia nem no dia seguinte. Exasperado, mandou um maqueiro entregar-lhe um bilhete na pensão em que morava. Mas nem isso surtiu qualquer resultado.

Emanuel, humilhado, ruminava agora um impulso muito violento, embora controlado, na direção dela. A espera se transformara em desejo de nunca mais vê-la, mas esse desejo era tão lúcido e insistente quanto o outro. Passava mais uma hora, mais um dia da "espera de nunca mais vê-la". Sabia que o acaso os colocaria de novo frente a frente, e media o tempo provável em que esse encontro não ocorreria.

Certo dia, ao anoitecer, lá pelo fim da semana, Solange inesperadamente bateu à porta. "O que vai me dizer? Que motivo banal e absurdo vai invocar?", pensou Emanuel. Solange entrou com a respiração entrecortada e a face incandescente. "Teria corrido até ali? Viera com tanta pressa? Que comédia!", pensou Emanuel. Tivera quatro dias, desde que recebera o bilhete, para vir devagar...

Segurava o bilhete aberto na mão. Estava vestida com um casaco simples de viagem.

– Ficou bravo por eu não ter respondido antes? – perguntou ela, vendo-o amuado.

Emanuel não respondeu.

– Estou vindo diretamente da estação ferroviária. Fiquei na pensão só o tempo de ler o seu bilhete. Então, justo naquele dia em que saí daqui, meu chefe teve assuntos importantes para tratar em Paris e me levou com ele... Faz cinco dias que datilografo, como uma louca, contratos e acordos... Uma fábrica aqui perto vai se fundir com outras. É impossível imaginar quantas cifras e quantos parágrafos podem conter as panças dos industriais...

Falava rápido no intuito de acalmar Emanuel, acompanhando em seu rosto sinais de tranquilidade.

– No domingo me deram duas horas livres. Só. Comprei um sanduíche e entrei num cinema para me distrair, relaxar e saciar a fome no mesmo breve intervalo de tempo.

Emanuel sentiu de repente como toda aquela áspera indiferença que ele havia preparado para ela nos últimos dias, como uma carga explosiva, se evaporava. Quis pegar imediatamente as suas mãos e as beijar; dizer que a amava para que aquele momento insípido de todo início de paixão passasse mais rápido.

Solange tirou o casaco.

Enquanto a observava, alta e simples diante dele, Emanuel sentiu um leve arrepio com sua espantosa presença, total, inexprimível, contida subitamente naquele quarto até então horrivelmente desolado.

Sentou-se de novo na cama ao lado dele, assim como fizera poucos dias antes. Vertiginosa sensação de realidade depois de uma prolongada espera...

Durante a viagem, seu vestido se impregnara da atmosfera ácida do compartimento, mas, pela transparência daquele cheiro, Emanuel reencontrava o velho perfume de lavanda.

Finalmente perguntou-lhe se não queria comer algo. Ela pediu um chá e uma laranja.

Fitou-a num devaneio lúcido enquanto ela comia a laranja. A cada gesto, realizava-se a plenitude simples do reencontro. Dividiu a fruta em quatro e a mordeu direto na polpa vermelha, suculenta, tão fundo, que fiozinhos brancos da casca se prenderam entre seus dentes.

– Perdoe-me por devorar a laranja como uma selvagem – desculpou-se ela.

Emanuel já se sentia transtornado havia alguns minutos com o fardo do gesso. Exatamente a partir do momento em que lhe passou pela cabeça que Solange poderia ser sua amante.

Na mesma medida, porém, que o peso do colete o comprimia, ele era torturado pela desenvoltura cristalina de Solange. Procurava palavras simples e diretas para lhe dirigir, mas todas as frases mentais logo empalideciam diante de sua presença elementar.

Por algum tempo bateram papo como bons amigos.

Solange contou a ele pequenos incidentes da viagem e lhe apresentou o chefe como um empresário "cujo destino primitivo decerto oscilara, por muito tempo, entre a tentação de se tornar açougueiro ou homem da carrocinha".

Emanuel se torturava com a ideia de segurar a mão dela. Será que resistiria? Ela a recolheria? A mão de Solange descansava com indiferença na barra de ferro da cama.

Ele estava sobretudo paralisado pela precisão de sua imaginação: via em pensamento o idílio deles, havia muito consumado, acompanhava gestos exatos de amor entre eles que jamais haviam existido, era subitamente visitado por velhas lembranças de coisas que ainda não haviam acontecido, cenas vívidas que lhe roubavam apaixonadamente a atenção e embrulhavam a atmosfera presente na calma de eventos havia muito ocorridos...

Depois, de súbito, todos os pensamentos ancoraram estúpidos na impossibilidade de pegar sua mão; na paralisia do gesto mais simples e mais imediato.

Finalmente, num esforço supremo, conseguiu estender o braço, mas o gesto foi tão rápido e brutal que Solange se calou, assustada.

Apertava com força sua mão entre os dedos ossudos, de olhos fechados, como numa sessão de magnetismo.

Solange o fitava, perplexa. Mas, quando Emanuel a puxou para si, ela compreendeu e se rendeu à sua boca, sem se debater nem protestar. Seus lábios tinham um leve tremor. O perfume de seus cabelos inflamava Emanuel assim como a fascinante surpresa do beijo e o calor límpido de seu braço descoberto.

– Sei bem o que estou fazendo – murmurou ela. – Foi por isso que vim.

Rodeou-o com os braços e colou sua face ardente à dele.

Algo horrendo então aconteceu. Fazia alguns minutos que Emanuel esquecera de novo que usava um colete de gesso. Agora, abraçado por Solange, o peso dele o pressionava de maneira insuportável. Solange apertava um busto de pedra. Emanuel fazia escorregar em vão suas mãos pelos ombros dela, entre eles o gesso impunha uma barreira de indiferença e criava uma organicidade nova, impessoal e terrivelmente rígida... Quase tinha vontade de chorar de raiva. O obstáculo do colete chicoteava o seu sangue com mais ímpeto e o revolvia de desejos. Acariciava-lhe desmedidamente os braços e, depois, as coxas. Sentiu de repente o tecido do vestido, a borda das meias e, mais acima, a suavidade da pele.

Esticando o braço, conseguiu apagar a luz. No escuro tudo se precipitou num desejo mais arrebatado, mas que se reduzia a um debater-se impotente no carrinho, a um ranger de dentes.

No momento em que a mão de Emanuel deslizou por baixo do vestido e sentiu o corpo em brasa, e, depois, o ângulo inefável e ardente das coxas unidas, Solange murmurou:

– Isso vai lhe fazer mal!...

Emanuel sofreu um sobressalto interior, que só reanimou com apetites mais vigorosos a sua exaltada vertigem. A frase sussurrada queimava no seu sangue como um líquido corrosivo em ebulição. "Isso vai lhe fazer mal", repetia ele, "Isso!...", ou seja, o que ele desejava, o que o torturava e o revirava com tanta gravidade naquele instante.

Tocando agora em sua secreta feminidade, o seu sofrimento se tornou quase furioso.

Em vão tentou escorregar para a cama ao lado; o gesso o mantinha imóvel, amarrado ao carrinho. Solange inclinou a cabeça ao longo daquele corpo engessado, como um manequim sem vida.

O gesso, agora, impedia mais do que antes os movimentos livres, naturais...

Emanuel, despido, logrou penetrar convulsivamente apenas suas nádegas, entre as coxas apertadas, lá onde a carne ardente se torna enganosa por um instante... Instante em que a exaltação cresce imensa e se distende em suprema exaustão.

Era um gesto normal de vida, reduzido a um simulacro embaraçoso, que fez Emanuel sentir vergonha e humilhação.

Acendeu a luz a contragosto. Um desespero amargo e fatigante zumbia em sua cabeça como um maquinário inesgotável, impossível de desligar.

Solange lhe acariciou a testa e depois, como se intuísse toda a sua tristeza, aderiu de novo sua face à dele.

– Por favor, não fique triste... Mais do que estar na cama ao seu lado, queria ser seu cachorro e dormir na soleira da porta. Esse é todo o devotamento do qual me sinto capaz...

Emanuel sentiu que a parte livre e essencial de sua vida havia desaparecido, para sempre, talvez. Em seu lugar, surgiu apenas um amargor calmo e doloroso, como uma nova luz interior repleta de tristeza.

NAQUELA SEMANA, UM ACONTECIMENTO IMPRESSIO-
nou Emanuel profundamente.

Fazia alguns dias que Tonio não parava em lugar nenhum no sanatório. Caminhava atordoado pelos corredores, de camisa aberta, arrastando uma gravata como se
fosse a coleira de um cachorro. Chegava o dia da partida
da senhora Wandeska.

– Ah! Se eu ao menos soubesse que aquele loiro magrelo
que a acompanha por toda parte não é seu amante – disse
ele certa noite a Ernest.

Apesar de tudo, ele mantinha seu velho comportamento
digno e indiferente no salão de refeições. Vinha apoiado
numa única muleta e erguia um pouquinho a cabeça, cum-
primentando a senhora Wandeska num simulacro de olhar
distraído. Fazia questão de suportar o desespero com um
orgulho frio e viril. Nos olhos, porém, pairava toda a melancolia das noites em claro.

Ora lhe escapava ao controle um simples movimento, um gesto ínfimo, ora aflorava uma nuance clara no palor do rosto, incapaz de enganar alguém.

Tentava, depois, pobre rapaz, mancar o menos possível ao passar diante do primo sadio de faces coradas.

Ao sair de charrete, Emanuel o encontrava sempre à mesa de um bar de segunda categoria, na esplanada, com o olhar perdido, diante de um copo de líquido amarelo que ele sorvia com canudo. Parecia suco de laranja, mas era completamente outra coisa:

– É uma invenção do patrão daqui – tartamudeou Tonio –, uma delícia... aguardente misturada com rum e gemas de ovo. Muito bom e fortificante...

Era tão fortificante que, ao se levantar da mesa, mal conseguia se manter em pé.

Ernest e Emanuel em vão tentavam convencê-lo de que suas suspeitas eram infundadas.

Certa tarde, mais bêbado que de costume, ele não conseguiu mais se controlar de tanta inquietude. Correu até Ernest. Tivera uma ideia:

– O quarto de Emanuel fica bem o lado do quarto da senhora Wandeska, não é?

– Exatamente – respondeu Ernest.

– Vi no quarto de Emanuel um armário, que, com certeza, oculta uma porta. Que tal se, de noite?... Está entendendo?

Ernest fingiu nada compreender.

– Ora essa... não está entendendo? A ideia é eu ir até lá à noite, enquanto o primo a visita, tirar o armário do lugar e escutar por trás da porta, pois assim saberei com certeza se...

Tinha dificuldade de exprimir a terrível suposição em voz alta, ouvi-la pronunciada por ele mesmo.

– Deveríamos perguntar também ao Emanuel – disse Ernest. – O que acha?

Dirigiram-se ao quarto dele, mas não o encontraram. Tinha saído para passear de charrete na praia.

Tonio fervia de impaciência. Estava com aquela ideia fixa que dava voltas frenéticas lá dentro, como uma marionete, rasgando todas as redes de pensamento, como teias de aranha.

De qualquer modo, tinha de esperar até o anoitecer, mas saiu correndo até a praia, atrás de Emanuel, como se o nervosismo pudesse precipitar o tempo, chicoteando-o para que passasse mais rápido.

Subiu arfando a colina que levava ao oceano. A irritação, o ciúme e a embriaguez haviam agora se transformado numa feroz obstinação em encontrar o amigo.

Tratava-se de uma concentração suprema de sentimentos essenciais relacionados a um fato menor e nada importante, como um transbordar absurdo de forças numa sarjeta estreita.

A praia estava completamente vazia. Até onde a vista alcançava, a areia achatada se estendia longe, como se aquela evidente desolação houvesse sido armada especialmente para a sua exasperação.

Caminhou por algum tempo às margens da água, caótico, na borda daquela calma imensidão, como se estivesse no deserto da própria tristeza. O sol se punha com a mesma estúpida e inútil grandiosidade da natureza em meio a preocupações tão sérias.

Voltou ao sanatório e se atirou a uma poltrona do vestíbulo.

Mandou um garoto comprar cigarros.

– Que tipo de cigarro? – perguntou ele.

– Traga os de pior qualidade – respondeu Tonio.

Era, para ele, uma nova modalidade de se mortificar.

Apanhou um jornal, mas as letras, caprichosas, brincavam com ele, dissolvendo-se por completo ou se concentrando em blocos duros, como barreiras intransponíveis. Acompanhava o tempo no relógio enorme da parede, e a superfície do mostrador mal lhe absorvia a impaciência, filtrando-a demasiado devagar em minutos precisos.

Acendeu um cigarro, depois outro...

Estava tão absorvido pela espera, tão atento aos seus movimentos internos, que ele nem reconheceu Emanuel no momento em que passou de charrete diante da janela aberta. Por alguns segundos, aquele simples fato, intensamente aguardado por duas longas horas, se debateu com perplexidade em sua mente. "Emanuel passou... E daí?" Aha!, lembrara que justamente precisava conversar com ele.

Num gesto brusco, atirou o cigarro e correu até o pátio como um doido a fim de encontrá-lo.

Mas Emanuel não estava sozinho. Solange o acompanhava.

Era necessário, portanto, esperar mais alguns minutos até que ela fosse embora. Entraram no sanatório. Explicou com dificuldade o que queria, enrolando-se nas palavras...

Naquele momento, passou pelo corredor a senhora Wandeska, empurrada para o salão de refeições por um maqueiro.

Tonio a fitou longamente. O primo a acompanhava, ao lado do carrinho, lendo um jornal.

– Ah! Canalha! – disse ele, rangendo os dentes.

Arrependeu-se no ato:

– Por favor, considere não ter ouvido o que disse...

Em seguida mordeu de leve os lábios para repor o sangue em circulação.

—

De noite, logo após o jantar, ele foi falar com Emanuel em seu quarto. Cansara-se muitíssimo o dia todo e agora tinha de andar de muletas. Tirou devagar o armário do lugar, mas, ao terminar a operação, pareceu decepcionado:

– Ouvir atrás da porta... Ah! Não! Isso nunca!...

Foi embora sem dizer "boa noite", mas voltou ao quarto depois de dar alguns passos no corredor. Instalou-se um silêncio embaraçoso. Emanuel pegou um livro, abriu-o com um gesto vago e mergulhou nele. O elevador estava em ação, levando os doentes para cima. Ouvia-se seu ronco surdo e, depois, cada pausa nos andares em que parava.

O elevador parara de novo no terceiro andar. Era a senhora Wandeska dessa vez. Seu carrinho tinha um leve rangido que Emanuel reconheceu de imediato. Já conseguia identificar todos os ruídos do sanatório. Conhecia perfeitamente o passo de sentinela dos maqueiros e o passo segredoso das enfermeiras, na ponta dos pés... Conhecia as rodas por lubrificar de cada carrinho. No quarto ao lado, ouvia-se agora cada movimento...

– Está sozinha por enquanto – disse Tonio.

Tentou erguer a cabeça para olhar nos olhos de Emanuel, mas logo baixou o olhar... Emanuel apagou a luz.

– Sim, melhor – sussurrou Tonio. – Que baixeza é ficar escutando atrás da porta...

– Pss!... Fique quieto!... – interrompeu Emanuel.

A empregada entrou. Ouvia-se como tirava devagar a roupa da senhora Wandeska, falando-lhe aos sussurros. No escuro, o contorno de cada barulho se destacava muito bem: agora o vestido caía em cima de uma cadeira, o farfalhar da camisa de noite, um livro apanhado da mesa e colocado mais próximo... Depois a moça saiu e o silêncio se instaurou de novo. Emanuel e Tonio permaneceram calados na escuridão. Quanto tempo teriam ficado assim? Passaram-se alguns minutos ou talvez mais, uma meia hora.

Alguém chegara até a porta ao lado.

A tensão dos dois cresceu imensamente. Emanuel sentia o pulso batendo nas palmas fechadas.

– É ele – murmurou Tonio.

Batidas discretas na porta e, em seguida, alguém entrou. Ouviram-se alguns sussurros indecifráveis.

– Sim, feche... – disse em voz alta a senhora Wandeska, no que a chave ao lado girou na fechadura.

Agora se estabelecera um novo silêncio.

Começaram sussurros indefinidos. Ouviram-se passos no quarto, andando de um lado para outro. De vez em quando, a senhora Wandeska dava uma risadela. Do lado de cá, na escuridão, pairava uma sensação de intensa curiosidade e de temor oculto, como se, de um segundo para outro, a parede pudesse se tornar transparente, revelando os dois que ouviam atrás da porta.

Quanto mais aumentava a espera, mais confusos se tornavam os ruídos. O zunido interior da tensão encobria os sussuros que vinham do quarto ao lado. Tonio levou a mão ao coração; para escutar melhor, ele não deveria bater tão forte...

Ambos seguraram a respiração ao mesmo tempo.

Agora eram pequenos ruídos de beijos. Como se lábios tocassem a pele aqui e ali, apaixonadamente, desmedidamente... A imaginação de Tonio se acendeu como uma labareda. Escutava aquilo tudo com uma inquietude prensada na cabeça, como se todo o seu sangue se concentrasse ali dentro. Sentia as faces arderem.

Agora, sim, estava claro. Olhe... sentou-se ao lado dela... risos novamente... Tonio mantinha os maxilares aferrados. Tinha vontade de chorar, de sair correndo pelo corredor, de gritar. Passou-lhe pela cabeça se jogar no poço do elevador. Mas como? Quando?

Emanuel sentiu, no escuro, uma mão ardente colocada brusca e pesada sobre a sua.

Alguns novos murmúrios vieram do quarto ao lado, alguns movimentos ritmados e, depois, silêncio... corpos que se apertam, encadeados... se debatem, gemidos, talvez... Será que era verdade? Um barulho mais forte os despertou... Passos e, em seguida, uma caneca d'água subitamente despejada numa bacia. Um barulho tão real quanto o arroubo de sua tensão.

– Vou lá – disse Tonio, enlouquecido, e se levantou. Emanuel não podia imaginar que realmente se atrevesse, mas ouviu o argentino pegando as muletas.

Tateando com o braço esticado, Emanuel logrou apanhar uma delas, e Tonio tentou arrancá-la de sua mão.

– Tonio, acalme-se, espere – murmurou Emanuel sem saber o que dizer para tranquilizá-lo.

Ouvira-se tão claramente o que viera do outro lado...

– Vou até eles – sussurrou Tonio, alucinado. – Quero vê-los sem roupa.

Pegou a muleta com força e puxou-a da mão dele. Em seguida, saiu, deixando a porta aberta.

Nada mais se ouvia em todo o sanatório além dos seus passos no corredor.

Diante da porta do quarto ao lado, Tonio se deteve por alguns instantes, escutando com atenção, como se para gravar melhor os últimos movimentos e imaginar com maior exatidão a posição obscena em que os encontraria.

Depois, bateu com violência na porta.

No silêncio, os golpes ecoaram terríveis.

– Quem é? – ouviu-se a voz da senhora Wandeska, assustada.

Emanuel esperava ansioso a resposta de Tonio, mas as palavras pareciam ter-se afogado na sua garganta; não conseguia articulá-las. Bateu de novo.

– Quem é? Quem é? O que é...

– Eu, Tonio... vim desejar boa-noite...

– Ah! Que susto terrível – ouviu-se de novo a voz da senhora Wandeska. – Por que tanto barulho? O que aconteceu?

– Abra – disse Tonio quase aos berros.

– Agora mesmo... um minuto... espere.

No quarto ao lado, coisas desarrumadas eram rapidamente ordenadas e depois de repente ouviu-se a chave girando na fechadura e o trinco se abrindo.

Para Emanuel, seguiram-se alguns momentos de estupefação e de vibrante impaciência.

– Boa noite... vim desejar boa-noite – ouvia-se agora Tonio falando de dentro do quarto vizinho, mas com uma voz tão diferente e confusa que parecia ter levado um golpe fortíssimo na cabeça. A senhora Wandeska lhe dizia algo...

No lugar do esperado escândalo, Emanuel só conseguia escutar uma conversa sussurrada e tranquila.

Logo depois, Tonio deixou o quarto e voltou. Emanuel acendeu a luz. O rosto do argentino se modificara assustadoramente. Estava exausto, extenuado, arrastando as muletas como se fossem asas quebradas.

Olhou para Emanuel como se tivesse acabado de acordar.

– O que foi?

Mas Tonio não conseguia mais falar.

Finalmente, murmurou algo ininteligível:

– A enfermeira estava lá... fazendo a toalete semanal... como de praxe para todos os doentes... eram esses os barulhos que ouvíamos... água sendo despejada... Tudo o que nós consideramos... não passava disso... toalete... o respingar da água com que a lavava... a enfermeira...

Fixou o olhar no vazio, aturdido e terrivelmente envergonhado. Depois, de repente, com uma violência insuspeitável naquele corpo murcho e exausto, começou a bater com uma muleta na cabeça, cada vez mais forte:

– Sou um ordinário! – murmurou ele. – Um ordinário!...

EMANUEL AGORA COSTUMAVA SAIR DE CHARRETE, acompanhado de Solange, com uma frequência cada vez maior. Ela procurava terminar o trabalho pela manhã, a fim de ficar livre às tardes. Começara aquele tempo horrível de outono, com garoas constantes que recobriam as ruas com uma peneira fina, numa luz cinzenta de subsolo, com irrupções ásperas de vento numa cidade deserta, em tardes aéreas e infinitamente frágeis... A praia estava vazia. O oceano lavava ondas enfadonhas com espuma amarela, lixiviosa... Passeavam pelo interior, por caminhos estreitos e abandonados, por dunas repletas de vegetação invernal, com plantas enormes como espadas brotadas da areia e espinheiros secos por extensões infindas, como verdadeiras chagas da terra, ásperas e equimosadas.

A chuva por vezes os surpreendia e, embora levantassem a capota, a água entrava às rajadas, molhando-lhes as faces. Solange enxugava o rosto de Emanuel, enquanto ele continuava conduzindo o cavalo. Na margem da estrada, costumavam encontrar um refúgio discreto junto ao muro alto de uma propriedade rural. Ali ficavam ao abrigo da tempestade e do mundo inteiro, abraçavam-se sem entusiasmo, com as faces umedecidas pela chuva. Solange descia da charrete e colhia no campo plantas com perfume de terra, forte e silvestre, ou folhas que soltavam um vago cheiro de cadáver quando esfregadas por muito tempo na mão. Punha plantas por toda a charrete e ornava a capota com folhas enormes de ervas daninhas, de um verde sombrio e triste. Voltavam então com a charrete toda ornada e cheia de plantas, como uma carroça de ciganos.

Costumavam parar em estalagens interioranas, com taberneiras coradas envergando solenes vestidos negros rendados, prontas para sair no domingo. Consumiam pratos de carne com gosto fresco de sangue e sorviam uma cerveja preta, amarga, fabricada pelos camponeses, em que ainda se viam as cascas das sementes com que havia sido feita. Era a bebida mais deliciosa que Emanuel já experimentara.

Certa vez, numa hospedaria perdida entre moitas e arbustos, pediram café com leite, que lhes foi servido fervendo, fumegando, em dois grandes pratos de sopa, ladeados, numa bandeja, por duas colheres. Emanuel de certa forma se surpreendeu com tal apresentação.

– É assim que tomamos café aqui – disse o proprietário, um camponês tão rude e agreste quanto aquele deserto em que mantinha a hospedaria. – Adicionamos também pedaços de pão...

Trouxe duas fatias de um pão rugoso que Emanuel e Solange partiram em pedaços e molharam nos pratos com café.

O outono os recobria com um céu nublado, como o teto de um imenso salão em que estivessem sozinhos. Tinham as mãos roxas de frio, e o vento soprava cortante. Era um idílio repleto de realidades simples e elementares.

Por vezes, as mãos de Emanuel congelavam nas rédeas. Parava para movimentar os dedos e se livrar da cãibra que os mantivera encolhidos por tantas horas.

Solange então os pegava e os levava para baixo da sua blusa, sob a roupa de baixo, e os grudava à carne de seu corpo em brasa, sobre os seios ardentes. Eram como dois blocos de gelo sobre a pele, mas ela fechava os olhos e suportava o frio, enquanto, aos poucos, as mãos dele se reanimavam.

O calor se insinuava em feixes finos pelos dedos como um transbordar aquoso em todo o corpo. Comunicavam-se assim por meio do sangue e do calor, até escuras profundezas orgânicas. Esse contato unia sua circulação, e Emanuel identificava, nas batidas do coração dela, a própria pulsação. Ele a puxava para si e beijava seus cabelos. Apoiava a cabeça nela e inalava seu perfume quente, feminino, de lavanda. Era um animal tão esplêndido quanto seu cavalo, do qual gostava mais do que qualquer outra coisa, e lhe dizia:

– Você é tão bela quanto Blanchette...

A égua, ao ouvir o próprio nome, virava a cabeça. Era um animal de raça normanda, com tufos de pelo áspero nos cascos, com uma crina curta e dura como uma escova. Emanuel, da posição em que estava, só podia ver sua garupa robusta, mas, quando a chamava pelo nome, ela girava a cabeça e o fitava com seus grandes olhos melancólicos de gente entediada que pede um cigarro (e era lamentável que não fumasse, seria tão natural um cavalo segurar um cachimbo entre os dentes). Por intermédio de Solange, Emanuel lhe mandava cubos de açúcar, que Blanchette apanhava com seus lábios largos e achatados, negros, farejando a mão aberta.

– Você é tão bela quanto ela... tem uma garupa tão larga e admirável quanto a dela – dizia ele a Solange. Em seguida, sua mão escorregava para debaixo do vestido e lhe acariciava as coxas, as nádegas ardentes e o dorso pleno, a reentrância lombar e, mais abaixo, a plenitude de sua garupa jovem.

– E você gosta mais de quem? – perguntava Solange.

– Gosto de ambas igualmente...

– E nós também – respondia Solange, acentuando o "nós" que a solidarizava animalescamente com Blanchette.

Emanuel a punha deitada ao lado dele na goteira, mantinha-a junto a si e se virava em seguida, esmagando-a sob a pressão do corpo e do gesso. Agora ele já havia se acostumado ao colete, realizava vários movimentos que antes nem suspeitava fossem possíveis. Solange gemia baixinho de prazer, mas também por causa do peso que tinha de suportar. Em alguns pontos, o gesso entrava-lhe nas coxas, causando uma dor misturada ao êxtase da paixão, como a amarga realidade de um áspero amor consumado na imensa atmosfera das dunas, rodeado pela imensa rudeza daqueles lugares.

Em seguida, Emanuel voltava a ficar de costas, exausto de tanto esforço, de olhos arregalados, perdidos naquele céu branco e indefinido, como uma claridade sem significado que se assemelhava ao seu sentimento interior de tranquilidade naqueles minutos.

Aquela felicidade se parecia com Solange: tinha um gosto seco, era simples e um pouco bruta.

Assim foram seus dias de passeio pelas dunas. Em algumas tardes, o céu ficava sereno e as nuvens douravam suas rendas como enormes objetos desenterrados do fundo da terra, e que ainda conservam o brilho do ouro na margem de um relevo. Emanuel conduzia o cavalo na direção de um lugar afastado, até uma pequena plataforma erguida diante de uma baía de onde o pôr do sol se apresentava em infinitas nuances de um cataclismo ensanguentado.

Naquela baía, o oceano, ao se retrair, deixava para trás milhares de pequenos canais cheios de água, profundamente marcados na areia.

O crepúsculo os incendiava com sua vermelhidão e, assemelhando-os, em toda a extensão, com uma rede de sangue e fogo. Era como se, naquele lugar, a terra houvesse sido esfolada para exibir sua mais íntima circulação, artérias ardentes e fabulosas que ali despejavam ouro e púrpura incendiada. Era um momento de assustadora grandeza, de cortar a respiração.

Ao fundo, o sol, afogando-se lentamente, derramava seus últimos jatos de sangue. Todo o ar ficava bruscamente escuro como uma solução que se torna mais concentrada e, em seu azul profundo, a rede cintilante adquiria a fineza e a precisão de uma construção de aço estendendo-se longe como um enorme e estranho plano metálico.

Emanuel e Solange saíam dali com a alma exausta de beleza.

CERTA NOITE, NO INÍCIO DE DEZEMBRO, EMANUEL RE-
cebeu um bilhete de Quitonce, chamando-o para uma visita em seu quarto. Era a véspera de sua cirurgia, e ele
queria vê-lo mais uma vez para dar "adeus". No sanatório
era comum esse rito de amizade no dia que antecede gra-
ves acontecimentos.

Encontrou Quitonce na cama, meio pálido, enfaixado
com gaze branca até o pescoço.

– Lavaram-me, depilaram-me todo, cobriram-me com
iodo e me enfaixaram em bandagens como uma múmia –
disse Quitonce. – Eis-me, já estou preparado para o papel
de cadáver...

– Cale a boca, não fale mais assim – repreendeu-o Eva.

Andava para lá e para cá procurando o que fazer no quarto,
alinhando os livros na prateleira, espanando deles uma
poeira imaginária, como se o quarto precisasse ser preparado para uma cirurgia pela qual ele mesmo tivesse de passar.

Antes de sair, ela se aproximou mais uma vez do leito de Quitonce:

– Está se sentindo bem? Está com fome? Sede?

– Acho que estou mais com fome... – respondeu Quitonce, que estava em jejum naquele dia. – Ainda pergunta? – levantou a voz. Cansavam-no sobremaneira todas as precauções relacionadas à cirurgia, todos os exames que precisavam ser feitos, mas, em especial, o ar funéreo que as enfermeiras e o médico assumiam na sua frente. Tão logo Eva deixou o quarto, ele respirou aliviado. Ergueu-se nos travesseiros, apoiando-se nos cotovelos.

– Todo esse carinho ardente que ela me demonstra tem seu motivo... Eva quer que eu lhe deixe de herança o gramofone, está de olho nele... Ouça o que eu digo, pouco importa se estou com sede, com fome, ou se estou com dor de cabeça. Ela quer o gramofone e por isso se desfaz em devotamentos inúteis. É uma tática conhecida...

Quitonce mantinha um calmo nervosismo interior. Toda a sua irritação, como uma corrente elétrica, chegava à ponta dos dedos, que tremiam levemente.

– É impossível lidar de maneira segura com a fatalidade – disse ele, mudando o tom e o assunto da conversa. – Desde ontem à noite me esforço para descobrir quais as minhas possibilidades de escapatória amanhã.

Pegou na mesinha um dicionário e o abriu ao acaso.

– Mil duzentos e cinquenta e sete – leu ele no topo da página. E começou a somar as cifras. – Um e dois são três... com cinco são oito... e com sete, quinze... ou seja, cinco, portanto "indeciso". Queria que saíssem três vezes seguidas mais que cinco, ou menos... para ao menos descobrir o que vai ser de mim, se bato as botas ou escapo. Desde ontem à noite só me saem esses resultados... seis... quatro... e depois cinco de novo... É incrível como a fatalidade pode oscilar num intervalo tão curto... Como se tremesse...

– No fundo – retomou Quitonce –, é teoricamente impossível obter qualquer prognóstico seguro... Mesmo se tais previsões pudessem ser exatas, imagine quantos Quitonces como eu talvez estejam esperando, nesta noite, a operação do dia seguinte? Quantos doentes como eu não há no mundo tentando também descobrir o veredito um minuto antes? E então, compartilhada entre tantas pessoas, qualquer profecia se torna imprecisa... Uma previsão diluída demais fica aguada...

Fazia silêncio e um pouco de frio no quarto.

A porta que dava para o terraço ficara aberta, permitindo que chegasse de fora o frescor da noite, como a brisa produzida por uma asa imensa. Ambos permaneceram calados. De súbito, Quitonce franziu o cenho perscrutando a escuridão, em seguida desatou a rir baixinho, mais para si mesmo, e, pegando no dicionário, começou a ler definições em voz alta.

Emanuel não compreendia o que estava acontecendo. Quitonce ria sem parar e lia coisas absurdas. Depois de alguns minutos, olhou de novo para fora e fechou o dicionário, satisfeito:

– Isso, muito bem! Agora, pronto! Achou que eu tinha enlouquecido? Está vendo ali, no escuro, uma mancha de luz retangular?

Mostrou-lhe, na escuridão, o ponto exato.

– É o reflexo da nossa porta aberta no vidro do terraço – continuou ele. – Percebi de repente uma sombra deslizando. Alguém tinha vindo de fora para escutar nossa conversa...

E ele se divertiu copiosamente ao descobrir:

– Era Eva, a enfermeira... a eterna Eva... queria saber se por acaso eu não o havia chamado até aqui para lhe vender o gramofone. Então eu comecei a ler o dicionário a fim de saciar a espionagem dela... Acho que esta noite ela vai perder o sono por causa do gramofone.

Explicou-lhe depois, com detalhes, a cirurgia do dia seguinte: tratava-se da extração de um tumor que se formara numa das vértebras e que, pressionando a medula espinhal, provocava toda aquela desordem nas pernas, enquanto caminhava. Cirurgia extremamente delicada... a intervenção tinha de ser constituída por infinitas precauções a fim de não lesar a medula espinhal e não produzir perturbações talvez ainda piores no corpo.

Emanuel considerou que uma visita demasiado longa poderia fatigar Quitonce. Pediu-lhe, portanto, que tocasse a campainha para chamar um maqueiro.

Naquele exato momento, porém, entrou no quarto um senhor de idade, baixinho, de cavanhaque branco e óculos de armação fina de ouro.

– Esqueci-me de contar que os meus pais estão aqui por causa da cirurgia. Fique mais alguns minutos – disse Quitonce.

Chegou também a mãe, uma velha e digna senhora, de cabelo completamente branco, com penteado alto como uma peruca. O engenheiro perguntou sobre a doença de Emanuel.

Encorajou-o com palavras brandas, compreensivas, e depois falou de seu filho:

– E ele também vai se curar – disse ele, apontando para o filho na cama. – Sim... sim... tenho certeza... Tive sucesso em tudo na vida... tudo o que empreendi... Fiz coisas ousadas em que ninguém acreditava. Construí pontes que meus alunos atravessam tirando o chapéu. Sim... tiram o chapéu... Veja, só quando se tratou das vértebras do meu filho é que as coisas se enrolaram... Mas ele vai escapar! Vamos marcar nós todos um encontro daqui a exatamente um ano, no restaurante mais elegante de Paris. Faremos uma festa de arromba. Tudo por conta do papai Quitonce...

O otimismo do velho se esvaía no silêncio do quarto como um mecanismo girando no vácuo.

A mãe de Quitonce caminhava séria e preocupada pelo quarto, ouvindo a conversa e se detendo de vez em quando diante da estante, lendo os títulos dos livros com aquela tensão pontiaguda de quem está apreensivo e que, na verdade, nada vê diante dos olhos...

—

Na manhã seguinte, Emanuel saiu cedo de charrete até a praia. O céu, sereno, atingira uma nuance intensa de azul, quase dura. Era um dia calmo e ensolarado de dezembro.

No fundo, o oceano faiscava como uma imensa superfície de platina. A fileira das mansões na esplanada se iluminara em todas as janelas douradas pelo sol, como uma minúscula construção destinada a uma brincadeira de criança.

Alguns marinheiros voltavam da cidade e logo retomaram o trabalho. A maré subia e eles se puseram a empurrar os barcos para a água, no intuito de pescar em alto-mar.

– Heei! Uup! – gritavam eles longa e ritmicamente, puxando as amarras dos enormes veleiros. Era um trabalho duro. As embarcações deslizavam com dificuldade na areia; seus músculos tanto se tensionavam que pareciam prestes a rebentar.

– Heei! Uup! – gritavam eles, deixando com as quilhas marcas profundas na areia, como se tivesse sido arada.

Emanuel passeava sozinho de charrete ao longo da praia.

“Como será que ele está neste exato momento?” Era a hora em que Quitonce com certeza se encontrava na sala de operações. “Neste instante em que estou aqui, livre, olhando para o mar... Que bisturi estará penetrando sua carne?”

Foi de repente invadido pela perfeita inutilidade daquele dia esplêndido.

No mesmo instante em que a manhã se erguia imensa em todo o seu frescor, em algum lugar um doente estava deitado numa mesa de operações, com fluxos de sangue escorrendo. Absurda e grotesca diversidade das coisas! Que quantidade infinita de calma inútil continha o oceano naquela manhã, comparada ao desassossego e ao tormento de um só homem...

Num dado momento, Emanuel percebeu haver conduzido o cavalo longe demais. A maré não parava de subir; tinha de voltar imediatamente se não quisesse ser surpreendido pelas ondas. Eram quase dez horas quando chegou à esplanada. Deu de beber ao cavalo no chafariz de pedra. Enquanto observava, distraído, como Blanchette sorvia a água com avidez, ele virou a cabeça e vislumbrou, vindo em sua direção, como se passeassem, os pais de Quitonce, de mãos dadas.

Será que a cirurgia teria terminado tão cedo?

Emanuel lhes dirigiu um gesto com a mão e esboçou um sorriso. De qualquer modo, era mais fácil suportar a ideia de que tudo terminara do que aquela espera torturante e infindável. O sorriso dele só encontrou tristeza no rosto dos velhos.

– Acabou? – perguntou Emanuel. – O que os médicos disseram? E como ele está se sentindo?

– Está sendo operado agora mesmo – respondeu o engenheiro, olhando para a ponta dos dedos como se hipnotizado.

Emanuel ficou perplexo.

– Achei que... enfim... não sabia – murmurou ele, confuso.

Enquanto isso, a velhinha apanhou de novo a mão do marido para continuar o passeio.

– Vamos, Quitonce... – disse ela. Era um hábito francês que Emanuel observara com frequência, bastante impressionante, aquela deferência quase humilde com que as mulheres mais velhas se dirigiam a seus maridos pelo sobrenome, como se fossem desconhecidos: "Vamos, Quitonce...".

E continuaram andando pela esplanada, afastando-se a passos miúdos, com um olhar cansado e circunspecto.

De volta à clínica, Emanuel tentou extrair em vão alguma novidade das enfermeiras e dos maqueiros. Todos davam a mesma resposta protocolar: "Ele está bem... está ótimo", como uma senha de embrutecimento dos doentes e uma fórmula cômoda e medíocre para ocultar notícias desagradáveis.

Alguns dias assim se passaram, sem quaisquer notícias precisas ou seguras. Emanuel, de manhã, ao ser conduzido até a mesa de refeições, passava de carrinho diante do quarto de Quitonce, onde um tapete grosso fora estendido no chão a fim de amortecer o barulho do corredor. No quarto reinava o mais perfeito silêncio, não era possível perceber nenhum movimento vindo de lá.

Certa tarde chegou o engenheiro, sozinho, para lhe anunciar que podia visitar seu filho, que já estava se sentindo melhor. Anoitecia. Emanuel, ao entrar no quarto de Quitonce, não pôde distinguir, de início, quase nada. Em todo o cômodo estava acesa uma única lâmpada, junto ao leito, coberta por um grosso véu azul; o ar viciado cheirava a iodofórmio e talvez a valeriana, mistura de antisséptico e perfume nauseantemente entorpecedor.

Em meio àquela luz hesitante e vaporosa, Emanuel descobriu Quitonce, amarelo e de rosto chupado, com a cabeça mergulhada nos travesseiros, muito envelhecido. A pouca claridade da lâmpada o cobria de sombras esverdeadas e opacas, de maneira que, em alguns pontos, sua face parecia translúcida.

Estava sozinho no quarto, aguardando a visita.

– Como tem ido?... – murmurou ele, fraco, cravando cada palavra.

Emanuel, sem ter coragem de responder "bem" nem de perguntar, por sua vez, como ele se sentia, calou-se.

– No que diz respeito a mim – continuou Quitonce, com uma dificuldade embaraçosa –, acho que estou partindo... talvez escape se... me derem... mais... mais injeções por dia... óleo canforado, é disso que preciso, mas não querem... são todos... todos... todos... uns cachorros, sim... cachorros... cachorros...

A asma o sufocava mais que de costume, causando-lhe de vez em quando uma tosse seca com um ruído breve e surdo, que vinha do peito como o tinir de um objeto quebrado. Agarrava-se a cada palavra e a repetia, obcecado e distraído, até relembrar de repente o resto da frase que queria dizer.

No momento em que Emanuel quis lhe responder, Eva entrou com uma seringa na mão. Viera para a injeção de óleo canforado; no total, eram duas por dia, e mais que isso ele nem aguentaria, mas Quitonce teimara na ideia de que não lhe aplicavam injeções suficientes.

E nada poderia convencê-lo do contrário.

– Só vai durar um minutinho... espere...

Para enxergar melhor, a enfermeira levantou o véu da lâmpada. O quarto de repente se iluminou, revelando em cheio toda a sua sujeira e desordem. No chão espalhavam--se pedaços de algodão e papéis amassados, e, em cima da mesa, vidros de remédios se misturavam às mais diversas caixinhas e substâncias em pó.

A enfermeira retirou as cobertas e, debaixo daquela luz forte, revelou um Quitonce despido, enfaixado em curativos, com o corpo terrivelmente esquálido, de rosto sujo e com a barba por fazer (antes, na escuridão, a face parecia apenas coberta por sombras).

Em meio à nudez, um sexo encolhido e roxo se escondia sob um púbis coberto de manchas grandes, amarelas, na pele queimada pelo iodo. Era o mesmo sexo que Emanuel vira outro dia numa fotografia, em toda a tensão da virilidade, e nada podia ser mais impressionante do que a sobreposição daquela imagem mental, naquele momento, sobre a realidade presente, desditosa e miserável.

Fitou com estupor aquele sexo humilde e retraído, aquela masculinidade encolhida e inútil, que dava a sensação de uma assustadora futilidade da vida... Era um detalhe mais humano, mais agudo, do que todos os curativos e do que a própria cirurgia. Era o próprio sinal, irrevogável, do valor mesquinho que, em todo caso, o corpo humano pode ter...

"Em todo caso... em todo caso...", repetia Emanuel para si mesmo, "o que um homem pode fazer do próprio corpo?..." A impressão de dor e de tortura se desenrolava, assim, de maneira assombrosa diante daquela evidência simples e humilde que revelava, de uma só vez, a exaustão da vida mais essencial e a gélida e deprimente invasão do sofrimento até os limites do corpo, até ali onde Quitonce, de um homem viril, pleno de apetites e impulsos, se transformara numa simples junção de órgãos que apodrecem um após outro, com vértebras emboloradas, e com o sexo – o sexo de antigamente que dava ao seu corpo todo o sentido e toda a vivacidade – convertido num pedaço de carne que se contraía flácido e se decompunha aos poucos, antes da derradeira putrefação.

A enfermeira enfiou a agulha na nádega e a pele inchou pálida e frouxa, desprovida de sangue. Ao terminar, examinou o curativo e recobriu o lugar com uma compressa de gaze.

– Você acha que essa gaze era necessária? – disse Quitonce logo que Eva saiu. – Ela sempre vem verificar coisas imaginárias... só para demonstrar seu devotamento... ah, o gramofone!...

Emanuel quis ir embora, mas Quitonce ergueu a cabeça dos travesseiros como se quisesse dizer algo importante.

– Gostaria de lhe oferecer uma recordação minha... para você guardar um sinal do Quitonce...

Com a mão fraca, remexeu na gaveta e tirou um pequeno embrulho de papel.

– Pensei primeiro em algumas fotografias, sabe quais... mas depois achei que seria demasiado doloroso ficar olhando para alguém fazendo porcaria... nas fotografias... sabendo que ele está dentro de um túmulo...

A tosse o sufocou com mais força, talvez pelo cansaço, talvez pela emoção. Estendeu o pacotinho para Emanuel e ele o desembrulhou.

O que poderia ser aquela coisa minúscula ali dentro? Será que era uma lasca de madeira, ou uma pedrinha?

– É um pedacinho de osso da minha vértebra... – esclareceu Quitonce. – Pedi ao subcirurgião que guardasse... pode pegar na mão... não tenha medo... está desinfetado... foi lavado repetidas vezes com álcool... Pense em mim quando olhar para ele...

Emanuel ficou emocionado demais para poder responder alguma coisa: suas têmporas latejavam com força e, se o maqueiro não houvesse vindo naquele momento para levá-lo, talvez tivesse desmaiado bem ali, naquele quarto impregnado do odor de valeriana.

Alguns dias depois daquela visita, ele se encontrou com o pai de Quitonce no jardim. Ele sozinho o procurara para lhe dar notícias.

– Está melhor – disse ele –, muito melhor... Hoje de manhã ele se barbeou... bom sinal – disse o médico. – Talvez volte ao refeitório daqui a uma semana – acrescentou o velhinho com um tom de evidente alegria na voz.

QUITONCE MORREU DOIS DIAS ANTES DO NATAL, ÀS gargalhadas. A doença zombou dele até o fim. Enquanto nos pacientes em geral a agonia é pontuada por gritos e gemidos, a dele foi uma irrupção de hilaridade. Mas de que outra maneira poderia morrer Quitonce, que andara a vida toda arremessando os pés como um palhaço, a não ser com inflexões convulsivas e grotescas? Era uma risada tão terrível que, de madrugada, suas gargalhadas chegavam até o quarto de Emanuel. Em todo o sanatório ressoava seu eco lúgubre e rachado, como o uivo de um animal, diminuindo em intermitências assustadoras. Um verdadeiro riso de palhaço agonizante, uma alegria amarga que dilacerava o coração num suplício.

Emanuel falou com o médico sobre isso no dia seguinte:

– Às vezes a dor se engana – explicou-lhe o doutor Cériez. – Em vez de determinar um grito, determina um acesso de hilaridade pelo mesmo trajeto nervoso... Como uma mão invisível que erra de interruptor... É a mesma corrente, mas que, ao chegar ao fim, se transforma em gargalhada no lugar de se transformar numa careta de dor...

O sepultamento foi realizado com a discrição que era de praxe no sanatório em tais casos. Ao raiar do dia, um caminhão saiu levando o cadáver para o cemitério da cidade. Enterraram-no em Berck, conforme seu desejo por escrito.

De manhã, quando Emanuel passou de carrinho diante da sala mortuária, já havia faixas de papel coladas em torno da porta, para que os vapores de enxofre com que se desinfetava o cômodo não chegassem ao corredor. Eram sempre esses os sinais de uma cirurgia e de uma morte no sanatório. Por algum tempo, o corredor que levava à clínica era coberto por um tapete espesso que amortecia o barulho – isso significava que um doente fora operado e estava repousando num daqueles quartos; depois, alguns dias mais tarde, o tapete era retirado e jornais eram grudados numa porta. Sabia-se, então, que o doente operado morrera. Fora isso, não se falava nada, não se ouviam lamentos, e o cadáver era despachado de madrugada para que toda a história tivesse o desfecho mais discreto possível.

Com relação a Quitonce, por exemplo, que já havia um mês não frequentava a sala de refeições, ninguém no sanatório, além de Ernest e Emanuel, sabia que morrera. Todos interpretavam de maneira perfeitamente normal sua ausência prolongada, achando que partira para outra clínica.

O dia estava sombrio, devastado por vento e chuva. Caíam flocos de neve misturados com água, formando uma fina camada de lama em que tudo parecia chafurdar, todo o ar, todas as palavras pronunciadas...

Junto à janela, Emanuel olhava para o jardim. Via-se perfeitamente, de sua janela, o terraço de Quitonce. Todos os objetos estavam enfileirados do lado de fora para tomar ar. Eva os arrumava com gestos brutais, visivelmente enfurecida.

Ernest chegou pelas quatro horas para lhe fazer uma visita. Ostentava olheiras de falta de sono e parecia muito cansado. Velara Quitonce por duas noites seguidas e acompanhara de manhãzinha o caixão até o cemitério. Olhou pela janela e viu Eva furiosa, segurando contrariada um colchão:

– Está bem brava – murmurou ele. – Quitonce lhe deu uma rasteira! Deixou por escrito que o gramofone fosse dado às crianças e que ficasse no dormitório delas, para que tivessem com que se divertir...

Exatamente naquele momento irrompeu do terraço das crianças o som formidável de uma marcha militar tocada no gramofone. A enfermeira deu um olhar terrível naquela direção e atirou ao chão o colchão que estava segurando. Talvez tenha até soltado um palavrão.

– Ficou vermelha de raiva – observou Emanuel.

Em seguida Ernest lhe contou alguns detalhes do sepultamento. Chovera sem parar e metade da cova se encheu de água. O caixão foi destampado e colocado para dentro, fazendo com que o cadáver entrasse quase por completo num lodaçal, mergulhando na lama. Em vão Quitonce tivera em vida a precaução de guardar no armário um belo terno preto, especialmente para esse fim. A água encharcou sua roupa e a encheu de barro.

– Depois, não sei quem, talvez o pai dele, atirou na cova um buquê de flores – continuou Ernest. – E o buquê ficou boiando naquela poça.

Emanuel cobriu os olhos com a mão e mergulhou nos travesseiros. Ainda persistia em sua mente a última imagem de Quitonce como uma realidade muito segura, mas agora muito distante e dolorosamente dissipável.

—

O inverno em Berck trazia do norte um vento revolto com chuvas impetuosas como cascatas caudalosas. Uma neblina muito úmida não raro cobria toda a cidade de sujeira.

Às vezes o céu se fazia negro como carvão, liquefazendo-se em seguida em massas de nuvens desbotadas e cinzentas como um esgoto de pântano por cima das casas.

Na véspera do Natal, as crianças do sanatório organizaram uma festa. Solange também participou, usando um vestido preto, que tornava sua silhueta mais alta e delgada. No vestíbulo se erguia um pinheiro enorme, cheio de brinquedos e velas acesas. Um alarido em que não se entendia mais nada tomou conta; as goteiras ficaram aglomeradas num canto, as crianças aplaudiam e berravam a plenos pulmões. Um garotinho que recebera de presente um tambor, depois de conseguir bater com as baquetas nele, abriu a camisa para descobrir o peito e se pôs a tamborilar no colete de gesso. No centro, a árvore espalhava uma fumaça sufocante e um cheiro de resina queimada. Todas as crianças entoaram em coro uma velha melodia natalina, muito nostálgica.

Ernest apareceu segurando um copo de vinho para brindar com Emanuel e Solange...

– É o sexto Natal que passo no sanatório – disse ele.

– Para mim é só o primeiro – respondeu Emanuel, triste.

Na mesma noite, os doentes foram levados até a igreja, para a liturgia da meia-noite. Solange fez questão de empurrar o carrinho de Emanuel. O passeio noturno debaixo da chuva lhe fez bem. Fazia muito tempo que não via as ruas de uma cidade sob a chuva noturna. O asfalto brilhava como um couro esticado; os lampiões lançavam sobre ele feixes trêmulos de uma pálida eletricidade...

O interior da igreja ofuscava de tanta luz, mas isso só num primeiro momento, ao se chegar de fora. Era uma igreja simples, construída por marinheiros, de vigas e pilares, parecendo exatamente um barco. Como é que seria, pensou Emanuel, se naquela noite toda aquela construção se desprendesse pelo mundo, como um navio, flutuando pelas ondas do oceano, cheia de doentes, cintilando de luz, numa última viagem noturna antes de naufragar e de afogar com ela todos os gessos, todas as enfermidades e todos os desesperos ali reunidos?

Os doentes estavam nos carrinhos, alinhados numa longa fileira; o padre passou por cada um como um médico em visita a um hospital.

O vento soprava caótico entre as vigas e agitava sem parar a chama das velas. Os doentes, embora bem agasalhados, estavam completamente congelados.

Emanuel, ao voltar, convidou Ernest e Solange para irem até seu quarto. Abriram uma garrafa de vinho.

Ernest ergueu o copo.

– Para a saúde dos homens sadios! – bradou ele, alegre.

– E os doentes? – perguntou Solange.

– Os doentes não precisam de saúde – continuou Ernest no mesmo tom. – Eles se sentem muito bem deitados nas goteiras, conduzidos para todo lado, passeando de charrete... realmente felizes, plenamente felizes...

– Você acha? – perguntou Emanuel, cético.

– Claro – respondeu Ernest. – Mais trágica é a minha situação, eu que estou curado e vou ter de retornar em breve à vida cotidiana. Precisarei estar continuamente sadio, ao passo que, na goteira, podia me permitir febre numa noite e vômitos noutra...

Sorveu quase todo o copo de vinho e ficou falante.

– O que posso fazer na vida cotidiana? Que coisa surpreendente e extraordinária ela poderia reservar para mim? Todo dia vou escovar os dentes, vou almoçar e vou tomar café com leite à noite, não importa se durante o dia houver ocorrido uma catástrofe ferroviária ou alguém da família tiver morrido. Vou continuar escovando os dentes, vou continuar comendo... continuarei sendo eu. Está entendendo? Está entendendo em que animal horrendamente monótono vou me transformar?

Calou-se por um instante e depois retomou:

– Quando alguém foi privado uma vez da vida e teve o tempo e a calma necessários para fazer uma única pergunta essencial relacionada a ela – uma única –, ele fica envenenado para sempre... Claro, o mundo continua existindo, mas é como se alguém houvesse apagado a importância das coisas...

Emanuel não escutava mais. Fazia alguns minutos estava preocupado com um pequeno acidente que sofrera. Ao levar o copo à boca, derramara, num instante de desatenção, parte do conteúdo, que escorrera imediatamente pelo pescoço e pelos ombros direto no gesso. As costas ficaram todas molhadas, e Emanuel tentou, girando a mão, introduzi-la debaixo do gesso para separar a pele do tecido. Ao retirá-la, porém, constatou algo extremamente desagradável: sua mão cheirava a mofo. Emanuel assim descobriu de repente toda a sujeira e a imundície que se acumulara em seu corpo, que não era lavado havia meses. Foi sua primeira incursão por debaixo do colete. Sentiu um nojo imenso de si mesmo e, esforçando-se por esconder da melhor maneira possível sua aflição, a tristeza se acentuou visível em sua face.

Ernest, achando que Emanuel se entristecera por causa de suas palavras, deu um sorriso satisfeito, como um dialético cuja demonstração tivera sucesso, e despejou mais vinho no copo...

UMA NOVA DOENTE OCUPOU O LUGAR DA SENHORA Wandeska na sala de refeições. Ernest a conhecia: morava havia muitos anos em Berck com uma governanta que cuidava dela, ambas sozinhas numa mansão da esplanada. Agora sua doença se agravara e, necessitando de curativos diários, mudara-se para a clínica, onde podia ter enfermeiras à sua disposição.

Pairava ao seu redor um ar de mistério e excentricidade. No jardim, alguém falara dela e contara como, certa vez, viajara de avião até a Bélgica mesmo doente, esticada na goteira. Certo dia Emanuel encontrou Cora toda arrumada e ansiosa:

– Vou visitar a Isa – disse ela. – Hoje é dia de recepção lá...

Isa era a doente que acabara de chegar ao sanatório.

Emanuel logo a reconheceu ao vê-la pela primeira vez na sala de refeições. Tinha nas roupas e nos gestos um refinamento tão oculto que podia ser considerado a mais banal simplicidade.

Intrigaram-lhe sobretudo os traços bizarros de sua face, com as maçãs do rosto bastante erguidas, o que lhe dava um vago ar mongol, e o cabelo com franja na testa, curto, como uma chinesa (soube mais tarde que nascera numa colônia da Ásia meridional e que sua mãe era mestiça). Tinha uma tez pálida porém nada anêmica, como o brilho opaco de uma pedra amarelada, lapidada por muito tempo.

Ernest, ao entrar na sala, dirigiu-se direto a ela.

– Posso lhe recomendar um amigo? – perguntou ele, após uma breve troca de palavras.

Apontou para Emanuel, uma mesa mais para lá.

Isa virou o espelho para ele e sorriu, fazendo-lhe um sinal amistoso com a mão.

Na mesma noite, durante o mesmo jantar, Emanuel encontrou um livro sob o guardanapo, enviado por ela e acompanhado de um bilhetinho:

"Você gosta de ler? Conhece este livro?"

Era um volume espesso, encadernado em fino couro vermelho. Emanuel ficou levemente lisonjeado com aquele mimo inesperado. Abriu e leu ao acaso:

"... Ali, numa moita rodeada de flores, dorme o hermafrodita num sono profundo em cima da grama, umedecida por suas lágrimas. Em torno dele, pássaros despertos contemplam, fascinados, seu rosto melancólico enquanto o rouxinol cessara de cantar suas cavatinas de cristal... O bosque se tornara solene como um túmulo..."

Noutra passagem, alguém tinha marcado com a unha: "... meus olhos doloridos da eterna insônia da vida".

"Eterna insônia da vida..." Quem será que era aquele estranho autor, cuja tristeza se revelava tão profunda e comovente?

Emanuel olhou a capa: Comte de Lautréamont e, por baixo, em letras grossas: *Les chants de Maldoror*.

Passou a noite toda lendo aquele livro espantoso. O raiar do dia ainda o flagrara folheando ávido suas páginas, encantado com sua enfeitiçante melancolia, torturado por suas amargas imprecações, por sua sublime abjeção e sua alucinante poesia. Aquele livro reunia tudo o que o tédio, a tristeza, o sonho e o frenesi podiam concentrar em versos de uma beleza fantástica e perturbadora. Em vão procurou em tudo o que lera algo semelhante: aquele livro não se parecia com nenhum verso, com nenhuma pieguice poética, com nenhuma crise literária. Continha um fluido venenoso que, pouco a pouco e à medida que era lido, entrava direto no sangue e criava vertigens e febres como um micróbio sutil e virulento.

Devolveu o livro no dia seguinte com um bilhete, perguntando quando poderia lhe fazer uma visita. Desejava conhecer mais de perto a moça de olhares oblíquos e ar misterioso que soube intrigá-lo de imediato com uma leitura tão fascinante.

Ela lhe respondeu que poderia ir naquela mesma tarde. A cuidadora o aguardou no corredor na hora estabelecida. Emanuel, já ao entrar, foi golpeado por um aroma quente e prazeroso de chá e torradas. O quarto em nada se parecia com os do sanatório. Estava pintado de branco também, mas as paredes haviam sido recobertas com um tecido vermelho-escuro. Isso lhe dava uma atmosfera levemente opressora, quase funérea.

– Detesto o branco sanitário de clínica... Nos quartos leitosos de sanatório parece que não é possível fazer algo mais racional e mais adequado do que enlouquecer – explicou Isa a Emanuel logo que se cumprimentaram.

Em todo o quarto não havia um só enfeite. Um único

vaso de cristal, enorme, abrigava umas pinhas secas em cima de um pequeno armário.

Emanuel, enquanto agradecia o livro, surpreendeu-se por não ver nenhuma estante ou mesmo nenhum livro.

– Ah, não gosto de livros!... Um livro não é nada, não é um objeto – disse Isa. – É algo morto... que contém coisas vivas... algo como um cadáver que entrou em putrefação e em que pululam milhares e milhares de insetos. Guardo todos os livros no quarto ao lado, da minha cuidadora, num baú embaixo da cama.

E acrescentou, aos sussurros, como uma confissão:

– Tenho vergonha de ter tido de conhecer a vida só através dos livros...

Chamou a cuidadora para apresentá-la. Era uma velhinha corcunda, com faces incolores de pão seco.

– Apresento-lhe Celina – disse. – Olhe para ela e me diga se não se parece com um escaravelho. Só que ela não zumbe...

A cuidadora estava de fato vestida com uma pequena pelerine cor de café, luzidia como os élitros de um inseto. Mantinha as mãos por cima do ventre e as movia sem parar, limpando-as uma na outra como uma mosca. Deu uma risadela diante das palavras de Isa, com intermitências miúdas e prudentes, como se houvesse medido por dentro a quantidade de alegria que uma velhinha de seu gênero poderia exultar de maneira decente.

– Viu como ela é encolhida? – disse Isa quando Celina saiu para trazer o chá. – Reflexo moral da modéstia... Celina é a criatura mais humilde no que diz respeito às próprias necessidades e a mais devotada quando se trata dos caprichos de outra pessoa...

O chá foi servido fumegando numa mesinha entre Isa e Emanuel.

– Fazia tempo que não tinha essa sensação de intimidade – disse ele. – Este quarto emana uma calma e um silêncio que eu havia quase esquecido. Parece que só agora percebo que vida solitária e alheia tenho levado no meu quarto de sanatório...

– Faz anos que levo essa existência de estrangeira em quartos que não me pertencem e por lugares desconhecidos, em que não passei minha infância – disse Isa, tristonha. – Mas me acostumei, assim como me acostumei com a doença, com o gesso... com os curativos... com tudo...

Isa não conseguia erguer a cabeça, e sorvia o chá de uma caneca com bico alongado, como uma chaleirinha.

Logo se estabeleceu entre eles uma amistosa intimidade.

– Muito admiro aqueles a quem a doença é de certo modo indiferente – disse Emanuel. – Mas eu me sentirei infinitamente mais desgraçado se um dia eu chegar a essa resignação perfeita. Por vezes acordo no meio da noite e apalpo meu gesso como um doido... É de verdade? Será que é de verdade? E então ranjo os dentes quando meus dedos deslizam pela dureza dele, impotentes...

Isa permaneceu pensativa por um instante:

– Você acha que eu também não fazia isso no início? – disse ela. – Todos nós já fomos agitados... Todos já acordamos no meio da madrugada e apalpamos desesperados o nosso gesso. Todos... todos... mas, depois, quando os golpes se atiçaram, não senti mais nada... Você sabe o que se chama, em medicina, "tecido cicatrizado"[4]? É aquela pele roxa e contraída que se forma em cima de uma ferida curada. É uma pele quase normal, mas insensível ao frio, ao calor ou ao toque...

---

4 *Tecido cicatrizado* (*Ţesut cicatrizat*, no original romeno) é o título do manuscrito inicial que deu origem a *Corações cicatrizados*. [N.T.]

Permaneceu calada por alguns segundos, durante os quais nada mais se ouviu além do chiado da chaleira, que vinha do quarto da governanta e entrava pela porta aberta. Em seguida ela retomou, sussurrando:

– Está vendo, os corações dos doentes receberam em vida tantos golpes de faca que se transformaram em tecido cicatrizado... Insensíveis ao frio... ao calor... e à dor... Insensíveis e roxos de dureza...

Tudo isso foi dito com o sorriso da mais perfeita tranquilidade interior.

Celina tirou um fonógrafo de algum lugar debaixo do armário e pôs um disco escolhido por Isa, um concerto para órgão de Bach. É claro que nenhuma outra melodia poderia ter-se harmonizado melhor com a nuance bordô, solene e sombria, dos tecidos nas paredes e com a atmosfera grave, porém tranquilizadora, do quarto.

A peça ainda não havia terminado quando alguém bateu à porta. Era uma mulher gorda, com um vestido de veludo verde, de óculos finos fragilmente presos à ponta do nariz, vibrando devagar a cada passo como um aparelho que registrasse a sensibilidade interna, amortecida na superfície por massas de carne e gordura.

– Ei, como tem passado?... E como está se sentindo? – disse ela, resfolegando.

Quis saber quem era Emanuel, de onde vinha, que doença tinha, qual médico cuidava dele. Era um jorro de perguntas como uma irrupção que até então vinha sendo represada havia muito tempo.

Isa lhe deu todas as explicações com visível aborrecimento. A mulher bebeu uma xícara de chá, engoliu biscoitos secos uns após outros, moendo concomitantemente torradas e palavras.

Emanuel lamentou sua visita ter sido interrompida de

maneira tão desagradável. Isa também fez alguns sinais desesperados. Estava perto da hora do jantar. Finalmente a mulher foi embora, não sem antes espalhar uma onda de bons conselhos e incentivos.

– Essa aí faz parte da equipe de consoladores profissionais de Berck – disse Isa logo após a porta se fechar. – É uma espécie extremamente abjeta de pessoas que não têm absolutamente nada a fazer o dia todo e vêm oferecer aos doentes uma porção barata de caridade... Bebem um chá aqui, comem um sanduíche ali e assim voltam saciadas para casa, de barriga cheia e a consciência satisfeita de terem realizado uma boa ação...

Naquele momento chegou o maqueiro para levá-los ao refeitório.

– Lamento que tenha ficado tão pouco – disse ela. – Mas voltará, não é?

E, no instante em que o maqueiro pegou na goteira:

– Vamos ser amigos?... Você gostou do meu quarto?...

– Gosto de quartos estranhos que se tornam rapidamente familiares – respondeu Emanuel, sentindo um suave enrubescimento subindo-lhe nas faces.

A PRIMAVERA AOS POUCOS SE INSINUAVA EM BERCK. A vegetação áspera das dunas fazia um esforço evidente de fragilidade, e o próprio céu parecia mudar de pele, assumindo cores mais ternas. A praia se ampliava caótica, matizada em nuances de uma imensa dispersão. O mundo assumia o peso de luz e vapores.

Emanuel saía regularmente de charrete, acompanhado por Solange. Todo o inverno eles haviam cultivado, em seu quarto, um amor ponderado e suave. As viagens pelo interior recomeçaram.

O gesso o incomodava cada vez mais, e parece que também a Solange. Emanuel descobria-lhe o corpo, erguendo todo o vestido, e a beijava entorpecido pela brancura da pele.

– Esse é o meu banho de limpeza no seu corpo – dizia ele, sentindo toda a imundície e o mofo em que estava mergulhado debaixo do gesso.

Havia regiões frescas e perfumadas no corpo dela, em torno dos quadris, como a súbita lufada de um aroma novo ao ar livre, vindo sabe-se lá de onde. Havia também almofadas para descansar, nas quais ele podia apoiar a cabeça. A ternura loira e quente do ventre redondo... a pequena e sombreada taça do umbigo, em que Emanuel despejava um pouco de água cristalina, no que o ventre se transformava em paisagem, com o balde de um poço no meio.

Todas essas brincadeiras naufragavam estúpidas na manhã do dia seguinte, quando o empregado que vinha lavá-lo enfiava os dedos o mais fundo possível por debaixo do colete, retirando dali pequenas quantidades malcheirosas de sujeira e imundície.

Trancava a porta a fim de não ser surpreendido durante essa ocupação tão íntima e abjeta. Depois, ao término da operação, o empregado virava-o de bruços e introduzia sob o gesso uma vareta comprida, com a qual coçava suas costas.

Emanuel, ardendo de comichão, arrancava a vareta de sua mão e tentava sozinho se coçar de maneira frenética, até desmaiar...

À tarde, na hora em que sabia que viria Solange e que seria necessário realizar o rito diário de amor com as mesmas carícias e os mesmos beijos (pois a relação deles, assim como o amor mais suave do mundo, criara os próprios hábitos e disciplinas estúpidas), ele tinha vontade de sair correndo para longe do alcance de Solange...

Até o sentimento de sua imensa admiração pelo corpo dela, tão puro, começara a importuná-lo. Entediavam-no sua pele fina, seu amor asseado e as maneiras elementares que ela aprendera com ele só para lhe agradar. A verdade é que ele gostaria de não tocar mais em tanta perfeição. Do que lhe valiam a liberdade e o candor de outro corpo?

Mas tudo o que ele executava era tão meticuloso quanto no primeiro dia de amor, para que, uma vez livre de tais ritos, pudesse sentir com maior volúpia a ausência deles e quão cansativos vinham sendo... Quanto maior fosse a precisão com que os cumprisse, mais sublime seria a libertação, pensava ele.

No meio de tudo isso, Solange lançava um olhar azul e límpido de uma plácida incompreensão.

Certo dia, ela recebeu um telegrama inquietante do avô, gravemente enfermo. Era sua única herdeira, e o velho fazia questão de revê-la. Solange partiu no mesmo dia. Combinou com Emanuel que lhe telefonaria no terceiro dia, sábado, às dez da manhã.

No primeiro dia de solidão, Emanuel se sentiu admiravelmente bem. Constatou que uma tarde livre era infinitamente longa e extremamente prazerosa... Dividiu o tempo, leu, foi passear sozinho, aliviado de um corpo que até então parecia estar com o dele debaixo do gesso. Numa tabacaria, comprou um isqueiro de complicado mecanismo, do qual não tinha a mínima necessidade, e, depois, balas numa confeitaria. Escondeu-se nas dunas, tirou o isqueiro do bolso e, debaixo do toldo da charrete, acendeu-o e apagou-o inúmeras vezes, como se estivesse levemente fora de si, alegrando-se com a chama e gozando sozinho, sozinho, daquela pequena diversão. Decidiu não mostrá-lo a Solange quando voltasse, a fim de mantê-lo só para o seu prazer pessoal e secreto.

No dia seguinte, partiu de charrete pelo interior. O vento soprava impetuoso e levantava a capota, que quase saiu voando; o cavalo corria oblíquo pela estrada contra a tempestade.

Ao chegar à estalagem, a chuva já o havia deixado encharcado, de mãos congeladas e tremendo de frio.

– Onde está sua noiva? – perguntou o estalajadeiro.

– Está fora, vim sozinho, como pode ver – disse Emanuel com evidente tristeza.

Pensou consigo mesmo que, da próxima vez que viesse ali com Solange, usaria o estalajadeiro como testemunha: "Vamos, diga, não é verdade que eu estava tristíssimo naquele dia em que cheguei aqui sem minha noiva?".

E Solange com certeza ficaria lisonjeada.

Pediu um prato de café e o sorveu metodicamente. Estava sozinho, nada o apressava e ele nem precisava queimar a língua para terminar mais rápido a fim de se meter nas dunas e realizar o rito diário. Com certeza fazer amor era algo bastante prazeroso, mas Emanuel constatou quão prazeroso pode ser, por vezes, não fazer...

Finalmente chegou também o dia em que deveriam falar ao telefone.

Desceu até o escritório uma hora antes do horário marcado, fumou um cigarro de folha que o diretor lhe ofereceu por gentileza e que ele aceitou por impertinência, leu jornais e ficou satisfeito com a calma que dominava a espera.

No instante, porém, em que o telefone tocou, com alguns minutos de atraso, Emanuel se sentiu subitamente invadido por uma terrível agitação.

– Mais rápido! Mais rápido! – incitou o maqueiro, que arrumava seu carrinho junto ao telefone.

Toda a calma anterior, ao toque da campainha do telefone, se desfez numa imensa impaciência, assim como uma solução supersaturada bruscamente se cristaliza ao se introduzir nela um fragmento de substância química...

Colocou o fone no ouvido e constatou que sua mão tremia, o receptor também vibrava, tomado por uma miúda intranquilidade. A voz de Solange eclodiu de repente, muito abafada e metálica. Mas o que é que ela tinha de milagroso para que de uma hora para outra toda a cabine se preenchesse com a sua presença? Era uma verdadeira invasão de imagens, filtradas profundamente na carne por meio do simples zumbido da voz distante e conhecida...

– Ainda preciso ficar uma semana, o vovô morreu, amanhã será o sepultamento... Estou zonza de tantas condolências, tanta gente e tantas questões de herança no cartório... vim correndo até o telefone como uma doida...

Calou-se e Emanuel ouviu sua respiração precipitada no fone. A mesma respiração de espasmos, mas sem o corpo dela. A mesma essência do prazer que ela sentia ao ser esmagada sob o gesso, porém aqui pura, sem a obrigação da carne, sem esforço...

– Por que está calado? – perguntou ela, procurando acalmar o tremor da própria voz.

Emanuel fechou os olhos e se deixou embriagar pelas palavras.

– Fale você... diga o que quiser...

Solange se pôs a contar uma longa discussão que tivera no cartório... Emanuel se viu de novo vítima dos antigos desejos como se, além da voz dela, a linha telefônica também transmitisse o calor de sua pele, que era despejado diretamente no sangue dele...

Percebia muito bem o que estava fazendo e, deixando uma mão deslizar por baixo das cobertas, enquanto Solange continuava falando, ele friccionava sua formidável excitação...

– Diga-me mais alguma coisa, eu imploro – insistiu ele, um pouco desconcertado, apertando a própria carne numa satisfação cômoda e imediata.

Ela continuou falando sem suspeitar de nada.

Depois, por um momento, a voz dela se tornou extática e Emanuel se desmanchou numa exaustão breve e esmagadora, como um desmaio.

– Obrigado... obrigado... – murmurou ele ao aparelho.

– Pelo quê? – perguntou ela, surpresa.

– Por tudo o que está me dizendo... por tudo... por tudo...

De volta ao quarto, rangeu os dentes de raiva por ter sido tão indulgente consigo mesmo.

—

Ele foi de qualquer forma aguardá-la na estação de trem, cumprindo até o fim as aparências de um amor perfeito. No momento em que ela subiu na charrete, ele parece ter sentido, de um lado do gesso, uma picada... Solange se instalou ao lado dele na cadeirinha e Emanuel lhe deu um sorriso. Numa rua deserta e afastada, ela se inclinou sobre a boca dele e o beijou.

– Não consegui viver nenhum desses dias sem você – murmurou ela, olhando nos olhos dele com um olhar manso de animal devoto.

Emanuel tremia por baixo do gesso, de nervoso, de desgosto e sobretudo pela indulgência com a qual ele tudo aceitava.

Naquela mesma semana, na praia, ocorrera um incidente que só aumentou a irritação dele por ela. Existem aqueles tipos de acontecimento que se agravam por si mesmos por meio de incidentes diários que se depõem em torno deles, assim como as águas calcárias se incrustam numa pedra simplesmente porque ela se encontra em seu curso. Naquele dia, Emanuel fizera o cavalo correr, como de costume, até pontos distantes e pouco frequentados da praia. A maré subira e inundara uma boa parte da areia. Solange o aconselhou a voltar, mas ele teimou em fazer o cavalo correr para mais longe, achando que encontraria, em algum lugar, uma ladeira para subir até a falésia.

– Garanto que por aqui não tem nenhuma subida. Conheço a zona – implorava Solange. – Em breve não conseguiremos mais voltar. Toda a praia vai ficar inundada... Vamos, Emanuel, me escute...

Enervava-o o fato de ela ter razão e de que não se via em nenhum lugar nenhuma rampa até a falésia. Que cruel e sublime satisfação ele teria sentido se aparecesse de repente um acesso que lhe permitisse chegar num instante até a parte de cima da costa!

Finalmente, cansado e entediado, ele voltou à charrete. Mas já era um pouco tarde. O oceano invadira uma parte da praia e, agora, ele precisava conduzir com prudência por uma margem estreita de areia, entre canais cheios de água.

A fim de encurtar o caminho, passou com a charrete bem no meio das torrentes. Solange olhava apavorada para ele. Logo se viram diante de um canal mais largo; o cavalo se deteve bruscamente e não quis mais avançar.

– É impossível passar por aqui – disse Solange. – Está vendo como é fundo... Desvie!... Dê-me as rédeas!

Emanuel, no auge da fúria, deu uma chicotada no cavalo e a charrete entrou na água.

Por alguns segundos, o cavalo avançou com toda a força, mas, no meio do canal, as rodas da charrete entraram pela metade na areia e atolaram.

Emanuel puxou em vão as rédeas e bateu no cavalo. A situação era extremamente grave, a charrete permaneceu imóvel, a maré não parava de subir, as ondas arrebentavam a 10 metros deles...

Pálida de pavor, Solange arrancou num instante as meias e os sapatos e saiu correndo como uma louca pela praia atrás de socorro. Emanuel jazia inerte na charrete, deitado de barriga para cima, as têmporas pulsando, esmagado de ansiedade, irritação e medo.

As ondas rumorejavam em seus ouvidos como uma tormenta que houvesse entrado em seus miolos... enquanto isso, todo o seu sangue, com a água, com o oceano e com o ar, parecia ferver, ebulir...

Solange logo voltou com alguns marinheiros. Eles abriram a charrete, tiraram-no de dentro com a moldura em que ficava deitado e o levaram para o outro lado do canal, deixando-o em cima da areia. Em seguida desarrearam o cavalo e, empurrando com força, tiraram a charrete da água.

Dirigiram-se todos até a esplanada.

Era um cortejo que ulcerava Emanuel até o fundo da alma. Deitado daquele jeito na moldura, levado nos ombros por marinheiros forçudos, recém-salvo de um terrível acidente, ele retomou o fio lógico da irritação:

"Era só o que me faltava... dever-lhe gratidão!", pensou ele com amargor.

À frente do comboio caminhava Solange descalça, com as meias e os sapatos na mão. Atrás dela vinha a charrete vazia, lentamente empurrada por dois marinheiros de calça arregaçada até acima dos joelhos, Emanuel levado na moldura, como um defunto ilustre em cima de um escudo e, finalmente, o cavalo atrás deles, que um garoto segurava pelas rédeas.

Acompanhando-os, crianças (como apareceram tantas?) e algumas pessoas que comentavam o incidente (de onde haviam aparecido tantas de uma vez?). "Um verdadeiro enterro de chefe militar", pensou Emanuel.

Solange virava a cabeça de vez em quando, sorrindo-lhe com uma inocência que o fazia incandescer.

De volta ao sanatório, ele agradeceu-lhes com extraordinária efusão, a fim de se torturar por dentro do modo mais cruel possível.

E, para conceder a si mesmo a punição suprema pela fraqueza que tivera ao telefone, ele tirou do bolso o isqueiro secreto que deveria ficar ao resguardo dos olhos dela:

– Gosta? – perguntou ele. – É seu...

"É a última coisa que dou a ela", pensou. "É o objeto que marcará o fim do nosso idílio. Se não o tivesse aceitado, talvez tudo continuasse, mas, como ela o pegou, isso significa que nosso amor tinha que terminar agora..."

Torturava-o terrivelmente a ideia da separação.

Mas era impossível entrever uma solução. Ir embora do sanatório? Quando e para onde? Se permanecesse em Berck, Solange logo o encontraria.

Num dos dias que se seguiram, porém, ocorreu algo perfeitamente inesperado. Emanuel fugiu do sanatório de um modo tão simples e surpreendente que por muito tempo ficou estupefato com a extraordinária desenvoltura da própria aventura.

Poderia se comparar a uma experiência mágica... "Feche e abra os olhos!" Agora estava num quarto de sanatório e eis que, ao abrir os olhos...

NO MÊS DE MAIO, COMEÇAVA A INVASÃO DOS VERANIStas em Berck. Naquela época, todo o aspecto da cidade mudava, como se fosse conquistada por uma horda de bárbaros.

No sanatório, os quartos dos andares que não haviam sido ocupados durante o inverno eram preparados. Uma agitação insuportável tomava conta de escadas e corredores, esfregavam-se assoalhos, bacias de água se espalhavam por toda parte, batiam-se portas às pressas, e as faxineiras transpiravam em abundância polindo os metais do elevador. Pouco a pouco, o sanatório se transformava em hotel. Os doentes não podiam mais ficar em seus carrinhos pelos corredores. Isso poderia produzir má impressão sobre os clientes estivais.

Começou, em seguida, a erupção dos gramofones. Primeiro era um zumbido distinto, numa determinada noite, uma melodia vibrante de violoncelo num quarto perdido no andar superior, depois, no dia seguinte, a sinfonia se ampliava e uma vitrola portátil servia de apoio ao violoncelo com uma melodia de flautins para que, finalmente, em outro quarto, como uma intervenção tempestuosa numa ópera wagneriana, irrompesse de uma vez, feroz e bombástica, uma fanfarra militar... De quarto em quarto se infiltrava o vírus da música terrível e devoradora. Em poucos dias, todo o sanatório vibrava frenético num misto complexo de orquestras, violinos, marchas e romanças. O edifício se transformara numa imensa fábrica roedora de discos de gramofone.

Enlouquecidos de insônia, os doentes tapavam os ouvidos com algodão, com cera, ou os cobriam totalmente, amarrando um cachecol na cabeça.

Emanuel costumava pegar a charrete e abandonar o hotel, horrorizado.

A praia também era invadida. Cabines se enfileiravam infinitas, trazidas dos terrenos baldios em que haviam passado todo o inverno, por entre ervas daninhas. Famílias inteiras moravam entre quatro paredes de tábua com portas abertas para o mar. Lá se lavavam roupas e se preparavam doces de frutas, crianças berravam enquanto o chefe da família, estendido no chão, lia o jornal, sorvendo devagar seu café misturado com areia. A própria praia se apresentava furada, revolvida, escavada em canais, trincheiras e castelos... Um imenso clamor se erguia a partir de toda a sua extensão, misturado aos gritos desesperados dos vendedores de bolas e balas. De todos os cantos, de todas as cabines borbotavam, num jorro irrefreável, riachos de papéis amassados, ribeirões cheios de jornal velho, papel e caixas vazias, papel e mais papel, um oceano de sujeira junto ao oceano de ondas.

Emanuel procurava um esconderijo nas dunas, longe das ruas cheias de automóveis. Fora da cidade era possível encontrar um lugar silencioso e completamente isolado do burburinho, para onde ele costumava ir quando ficava sozinho. Jamais levara Solange até ali. Mantinha aquele refúgio para seus momentos de solidão plena. Queria ficar todo o tempo escondido ali e nunca mais voltar para o sanatório. Era um lugar selvagem, abandonado pelas pessoas. Uma ou outra mansão com paredes descascadas e cobertas de hera se erguia da areia que as enterrava pela metade; ninguém morava nelas. Houve um projeto, no passado, de construir uma estação ferroviária e criar ali um bairro de casas luxuosas, isoladas da cidade. As obras haviam começado no momento em que a guerra veio para interromper tudo. Ainda se podiam ver trilhos ao longo do oceano, rodas de vagões no meio do mato e as paredes desmoronadas da antiga estação. Nas tardes de verão, galinhas ciscavam a grama entre as ruínas, enquanto um galo subia num muro e, inflando as asas, lançava cacarejos longos e estridentes, como um chamado desesperado do deserto. Uma única taberna, pequena, com um terraço cheio de gerânios vermelhos, perseverava como último resto de vida... Vinham até ali beber, aliás muito raramente, marinheiros que se perdiam naquela região com suas redes de pescar.

Emanuel fez amizade com o taberneiro. Passava horas a fio diante do terraço, numa elevação de areia de onde estrategicamente podia enxergar o oceano bem longe e tudo ao redor, as mansões empedernidas na areia, a estação arruinada e a extensão ondulada das dunas.

– Que pena não terem construído aqui a estação planejada! Eu teria feito um belíssimo hotel! – dizia o taberneiro, homem alto, levemente encurvado, com as maçãs do rosto roxas, de cabelo branco sempre revolto pelo vento. Trazia nos olhos a própria melancolia calma daqueles lugares abandonados...

– Ah! Você não sabe que canteiro de obras foi isso aqui! Quanto trabalho! Quanto alarido! Quanta agitação! Chegaram a pedir meio milhão pelos terrenos...

E acrescentou, tomado pela tristeza:

– Ao passo que hoje nem por mil francos se consegue vender...

Chegavam marinheiros com sacos cheios de sardinhas frescas. A taberneira, mulher baixinha, redonda como uma bola de carne e gordura, com uma peruca amarela descolorida na cabeça, negociava duro com eles, por avareza e também para passar mais tempo com eles. Servia Emanuel com peixe fresco, frito no carvão.

Certa vez, algo passou pela cabeça de Emanuel. Que bom seria morar ali na taberna. Em qualquer quartinho, por menor que fosse, por mais incômodo que fosse, mas isolado do resto do mundo. Poucos dias haviam passado desde o ocorrido com Solange na praia. Certamente ali, nas dunas, ela não o encontraria. Desapareceria bruscamente do sanatório e ninguém saberia para onde foi. Perguntou ao taberneiro. O homem chamou a esposa para se consultar:

– Impossível – respondeu ela. – Moramos sozinhos aqui justamente para não termos problemas. Levamos uma vida tranquila e não precisamos de fregueses nem de inquilinos, como pode muito bem ver.

Emanuel se sentiu contrariado.

– E nessas mansões não mora ninguém, absolutamente ninguém?

– Sim – respondeu o taberneiro. – Só numa delas, aquela ali...

E apontou para o telhado de uma mansão de pedra, numa protuberância da falésia, oculta por dunas bastante altas.

– Mas não é habitada o ano inteiro – acrescentou. – Só durante o verão vem uma americana com o filho. Ficam alguns meses e vão embora... Já faz uma semana que chegaram...

Emanuel ficou um pouco pensativo.

– E essa senhora americana... será que não me receberia para morar com ela? – perguntou ele. – Pagando, claro, pagando...

O taberneiro e a esposa sorriram com uma ironia indulgente.

– É uma mulher rica, meu senhor! Por que precisaria de inquilinos doentes? E, no final das contas, por que o senhor insiste tanto em morar neste deserto? – perguntou o taberneiro, curioso.

– Ah, isso é outro problema! – respondeu Emanuel. – Mas como eu poderia falar com ela? Posso ir até lá de charrete?...

O taberneiro ficou perplexo:

– Você disse de charrete? Mas não está vendo que, até chegar lá, tem umas dunas do tamanho da casa? Você consegue escalar dunas? Seu cavalo é acrobata?

– Disse que faz uma semana que chegou? – perguntou Emanuel, absorto. – Acha que está em casa agora?

– Pode ser, não sei – respondeu o taberneiro.

– Então vou lá falar com ela – disse Emanuel calmamente, empunhando as rédeas.

– O quê? – disse o taberneiro, surpreso. – De charrete? – E olhou para ele, perplexo.

– De charrete, claro... A pé é que não vou!

– Vamos ver se consegue... – desafiou-o o taberneiro, pondo-se a rir.

– Muito bem, vamos ver! – respondeu Emanuel, aceitando o desafio.

Apertou as rédeas nas mãos e se dirigiu para a primeira duna a ser escalada. Haviam se passado poucos dias desde o incidente na praia, mas agora aquela lembrança pouco o impressionava.

Pôs-se a exortar o cavalo. A ladeira era bem baixa, de modo que o cavalo subiu com facilidade até o cume.

Ao chegar ao topo, Emanuel voltou a cabeça para o taberneiro e lhe fez um gesto com a mão:

– Adeus! Adeus! Irei para montanhas mais longínquas!...

O taberneiro, a esposa e mais uns dois marinheiros que haviam saído da taberna estavam todos no terraço, olhando boquiabertos para a estrambótica charrete escaladora de dunas.

Na sua frente se estendiam uma área de areia plana e, em seguida, umas elevações muito mais altas, toda uma sucessão delas, ali postas como uma barreira.

Emanuel se engajara numa aventura da qual não queria desistir de maneira alguma. Ele era agora impelido pela ambição e sobretudo pela intensa curiosidade de ver a proprietária da mansão. A taberna desaparecera atrás das dunas; não tinha nada melhor que fazer a não ser atrever-se para mais longe...

Aproximou-se bem das colinas e se deteve. Esperou a égua descansar alguns minutos e, depois, puxou bruscamente as rédeas, fazendo-a subir de uma só vez até lá em cima.

O resto agora era brincadeira; aquelas poucas ondulações até a mansão ele as percorreu com facilidade.

Viu-se diante da casa: persianas fechadas, portão trancado. Será que o taberneiro o teria enganado? Será que a mansão estava deserta? Pôs-se a bater com o cabo do chicote na cerca; os golpes ressoaram em toda a vizinhança, com ecos repetidos que repercutiram de duna em duna como uma palavra de ordem. No quintal eclodiu um latido de cachorro e imediatamente uma das persianas se abriu.

No batente da janela surgiu uma mulher ruiva, envergando um roupão violeta:

– Que foi? Quem está aí? – gritou ela, procurando enxergar quem batia.

De repente, ela descobriu Emanuel com a charrete diante do portão e ficou estupefata.

– Que foi? – perguntou ela, surpresa. – O que deseja? E como chegou até aqui de charrete?...

Emanuel quis gritar, mas o latido do cachorro cobria sua voz; fez sinal com a mão para a mulher descer.

Um garoto de uns 15 anos, alto, robusto, com a mesma nuance ruiva da face, destrancou o portão. Emanuel entrou de charrete no pequeno quintal cimentado. O cachorro pulava em torno da charrete, latindo de maneira ensurdecedora.

– Calado... calado... – tentava acalmá-lo o garoto, agarrando-o pelas bochechas e lutando com ele. Era um cachorro preto enorme, quase tão alto quanto o dono ao se erguer nas patas traseiras, apoiando-se com as dianteiras nos ombros dele.

Emanuel observou a mansão. A construção parecia antes negligenciada do que velha. No alto, debaixo da cumeeira, havia uma plaquinha enferrujada, tomada pela hera. "Vila Elseneur", decifrou ele.

Finalmente apareceu a senhora da janela. Arrumara um pouco o penteado e provavelmente se empoara. A brisa levou até Emanuel um vago perfume de toalete feminina, adocicado e agradável.

– O que deseja?   perguntou ela.

Emanuel se apresentou. Ela estendeu a mão, disse seu nome, senhora Tils, e de repente, num tom bastante familiar:

– Como vai?

Era um hábito inglês abordar com essa fórmula até mesmo pessoas recém-conhecidas.

– Perdoe-me por incomodá-la tão cedo – disse Emanuel. – Passei por aqui de charrete...

– De charrete?!... – repetiu ela, admirada.

– E gostei muitíssimo desta zona. Disseram-me que esta é a única mansão habitada e... gostaria de lhe perguntar uma coisa...

Emanuel hesitou e, em seguida, disse rapidamente a frase a fim de escapar da obrigação de pronunciá-la, assim como se bebe de um só gole um remédio amargo.

– Então... se possível... gostaria de ficar por aqui... Gosto desta solidão. A senhora aceitaria que eu morasse em sua casa..., receberia um inquilino?

– É para isso que me chamou? – disse a mulher, explodindo num leve riso.

Emanuel tinha uma expressão tão aturdida que só podia provocar riso. Observou que, enquanto dava risada, em seu rosto surgiram rugas profundas. Era decerto uma mulher de mais idade, embora possuísse uma admirável desenvoltura nos gestos e uma aparência juvenil bem cuidada.

– Lamento muito – disse ela –, mas não posso receber inquilinos, nunca recebi e nem saberia como proceder num caso desses.

Enquanto ela falava, irrompeu de repente, do quarto do andar de cima, cuja janela ficara aberta, um formidável arrulho de gritos, como imprecações de uma velha rabugenta brigando com alguém num tom ríspido.

Emanuel olhou desconcertado para a janela, sem porém perguntar nada. Ela percebeu sua surpresa:

– Sabe... não estou sozinha na casa. Além de Irving, meu filho, e da cozinheira, tenho também um hóspede... É uma pessoa extremamente nervosa, como pode ver, que grita e xinga sem parar... Por favor, Irving, vá lá e traga-o aqui! – disse ela.

O garoto subiu. Os gritos cessaram e, alguns segundos depois, Irving desceu com um papagaio na mão.

– Diga bom-dia! – exortou a senhora Tils.

O papagaio lançou um formidável palavrão. Todos deram risada. O papagaio bicou o cabelo da senhora Tils, puxando-o com força. Um cachorro, um papagaio... Emanuel estava consternado por não poder morar ali. Decidiu ir embora.

– E por onde você vai voltar?

– Por cima das dunas, do mesmo modo que vim...

Irving também quis assistir à escalada das dunas.

– Bravo! Bravo! – gritou ele, batendo palmas, no momento em que Emanuel chegou ao topo.

—

Naquela mesma tarde, enquanto vagueava triste pelas ruas, detendo-se com a charrete diante de uma vitrine, alguém se aproximou dele para lhe falar. Era a senhora Tils, que, em roupa de passeio, estava quase irreconhecível.

– Queria lhe dizer uma coisa... Sabe, mudei de ideia e estaria disposta a recebê-lo na minha casa... se, em troca, você puder dar aulas de matemática para o meu filho... Tenho um quarto grande, um salão, com vista para o mar. Mas você entende de matemática?

Emanuel lhe garantiu já ter dado esse tipo de aula e aceitou com alegria. Ele sentia intensamente que, desde cedo, tudo acontecia naquele dia com uma prazerosa fragilidade repleta de surpresas. Deixou-se levar pelo acontecimento com a sensação de uma delicada volúpia interior:

– E quando posso ir, senhora, com minhas malas?

– Quando quiser – respondeu ela. – Até mesmo amanhã...

– Então por favor me aguarde às dez da manhã...

... E QUANDO ABRIU OS OLHOS...

O cômodo em que ora se encontrava era um vasto salão com portas abertas para o oceano. Quadros ao gosto inglês, em molduras de ouro desbotado, estavam pendurados nas paredes. Um deles representava uma imponente cena de caça com cavaleiros de roupas vermelhas reunidos numa clareira no meio da floresta, rodeados por matilhas de cães e batedores que tocavam trompetes de latão; outro retratava um velhinho de roupão, de cabelo branco e com a pele fina da face bastante enrugada, assim como têm todos os velhos nas litografias, preparando-se para dormir. Ao fundo, era possível ver sua cama à moda antiga, com colunas e cortinas floridas de cretone.

As ondas do oceano rumorejavam caóticas na enormidade do salão. Pairavam pesadas nuvens cinzentas, baixas como um teto por cima das dunas.

Emanuel olhou para os quadros nas paredes. Ali estava a própria situação, sintetizada naquelas duas cenas de gravura. O velhinho que se preparava para deitar era ele mesmo, na solidão da Vila Elseneur. Exatamente como ele, retirado do mundo, num quarto desconhecido, calmo, sozinho em meio a móveis velhos e fora de moda. E, ao lado, o quadro de caça, de cujo alarido o velhinho parecia se resguardar voltando-lhe as costas, representava com exatidão o estrépito urbano do qual Emanuel fugira.

As pesadas cortinas de veludo bordô se agitavam ao vento como flâmulas fúnebres penduradas em salões mortuários. Emanuel fechou os olhos, fatigado. Tudo se desenrolara de maneira milagrosa e, desde a manhã, quando fez as malas no quarto de hotel, até aquela hora da tarde, em meio às dunas, ora inquilino da senhora Tils, o aspecto do dia se modificara totalmente, como se fizesse parte de outro ano e de outra estação, de outra realidade... Quem teria suspeitado que, naquele esconderijo, perdido entre ondas de areia, encontrava-se ele, Emanuel, o Emanuel de sempre? Parecia ter trocado de identidade...

Estava num canto do salão, meio aturdido, como uma criatura atirada pelo oceano numa brecha da rocha. Aguardava imóvel uma onda salvadora que o devolvesse à vida plena, à plena compreensão das coisas.

Relembrava tudo o que ocorrera naqueles últimos dois dias como se fossem antigos eventos, ocorridos havia muito tempo: quando anunciara sua partida ao diretor logo que retornara da cidade, após a conversa com a senhora Tils; quando fizera as malas às pressas.

– E qual é seu novo endereço? – perguntou o diretor.

– É inútil lhe dar – respondeu Emanuel. – Virei eu mesmo de vez em quando pegar minha correspondência.

Depois, quando chegou à Vila Elseneur, às dez da manhã em ponto, conforme anunciara.

Subiram-no pela escada a cozinheira, Irving e o taberneiro, que viera ajudar.

O taberneiro, sobretudo, estava extraordinariamente surpreso com o fato de a senhora Tils ter aceitado o inquilino.

– É verdade que não a conhecia antes? – tentava ele, aos sussurros, arrancar informações de Emanuel.

– É verdade! É verdade! – respondia Emanuel, irritado. – Vou lá saber o que é e o que não é verdade em toda esta história?

—

Agora aguardava o jantar. Já estava bem escuro. A maré chegara até o sopé da falésia e batia no dique com estrondos surdos e regulares. Ficara o dia todo sozinho naquele salão vasto e vazio. Ouvia, vindo do andar de cima, de vez em quando, como um arrulho, as sílabas roucas do papagaio e, do lado de fora, raros latidos de cachorro.

Onde estava o sanatório? E Solange? No silêncio bem arejado do salão, nenhuma imagem era capaz de se formar e assumir uma consistência mais densa.

A cozinheira levou um lampião aceso e o colocou em cima da mesa. Em torno da cúpula, a roda de luz projetou sobre o *plush* esticado um minúsculo picadeiro em cujo interior as flores coloridas do veludo executavam estranhas acrobacias imóveis...

Nos dias de calor, Emanuel ficava descansando na sacada diante do salão. Toda a extensão do oceano brilhava em paetês de diamante como um fantástico vestido de gala, espumado de rendas. A claridade da água se tornava uma auréola gelatinosa, turvando os olhos. Imensas manchas de luz derretiam no ar, deixando atrás delas um contorno verde e imaterial. As ondas, então, ao longe, se escureciam como azul-cobalto...

Mantinha frequentes conversas com a senhora Tils. Ela lhe contava de seu marido, com quem viera a Berck, doente também do mal de Pott, e que morrera fazia oito anos, justo ali na Vila Elseneur. Ele também gostava da solidão das dunas, ele também passara um dia de charrete por ali e se detivera encantado diante da casa, não desejando morar mais em outro lugar. Comprou-a da municipalidade a um preço irrisório. Seu quarto também fora o salão que dava para o mar.

– Eis por que concordei em recebê-lo – disse ela. – Quando o vi tão triste por não poder ficar aqui, recordei-me da melancolia do meu marido e de sua indescritível sede de solidão. Em homenagem a ele eu o aceitei... Em homenagem a ele e também porque, nesta casa em que ele se foi..., quero que um jovem se cure...

Falava com simplicidade e num tom de grande devoção. Tinha uma amizade espontânea e ingênua por Emanuel, igual ao amor que nutria pelo cachorro, pelo filho e pelo papagaio, com as mesmas expressões e a mesma inflexão de voz para todos.

Os dias passavam calmos e ensolarados. Solange... onde poderia estar Solange? Logo se completaria um mês desde que se mudara para a mansão e não tinha nenhuma notícia dela.

Naquela atmosfera vetusta da velha casa, na transparência da vida que ora levava, não se formava mais nenhuma sombra daquelas que antes, silentes, a permeavam.

Ficava deitado sob o sol, espalhado, iluminado e límpido, claro como uma corrente d'água pela qual nenhuma imagem podia passar sem deixar vestígios.

Agora se dava conta da profundidade e da fragilidade de seu amor.

E de quão frágil fora a própria vida até então; quão inconsistente era toda a realidade dos dias que passavam por ele como um riacho sossegado cujo curso ele conseguia, de olhos fechados, sentir nos momentos de inércia. Certo dia, escreveu ao doutor Cériez perguntando quando e onde poderia se apresentar para uma consulta. Recebeu uma breve resposta:

Amigo sumido,
Venha quando quiser à clínica do sanatório e, de preferência, amanhã às dez da manhã. Pergunto-me como terá descoberto a Vila Elseneur. Recomendações à senhora Tils.
Dr. Cériez

Emanuel ficou surpreso. Como o doutor conhecia a senhora Tils? Ele foi perguntar a ela.

– Era um dos melhores amigos do meu marido. Vinha nos visitar com frequência – respondeu ela. – Conhecia bem esta zona e decerto teria vindo morar aqui se não fosse médico. Ele também sofria do encantamento do deserto...

No dia seguinte, Emanuel mandou Irving até a cidade para que lhe trouxesse uma charrete de enfermo. A charrete foi levada até a frente da taberna. Até lá Emanuel foi transportado por cima das dunas, deitado na moldura. Naquela manhã, a clínica estava deserta. Entrou direto no consultório assim que chegou. A consulta durou poucos minutos. O doutor Cériez olhou com atenção para o local do abscesso, introduziu a mão por debaixo do gesso e apalpou as vértebras.

– Acho que vou tirar seu colete – disse ele. – E dentro de um ou dois meses você poderá começar, talvez, a caminhar com os próprios pés.

– Vai tirar meu gesso? – perguntou Emanuel, empolgado de alegria. – Sério?

Desde que o tinha no corpo, ele se acostumara tanto a ele que nem pensava mais que um dia poderia ser removido. Considerara aquela miséria como uma função orgânica a mais, insuportável porém definitiva. Sentir de novo o corpo livre lhe parecia algo incomum, um grande acontecimento de início de vida, uma nova aparição no mundo.

– É sério? – murmurou ele, aturdido.

– Sim... Vamos retirá-lo sábado pela manhã.

E o doutor apertou-lhe a mão, deixando a sala sublime, alto, magnífico, com sua cabeleira leonina, como um gigantesco benfeitor que distribui milagres.

Emanuel aguardou alguns minutos no corredor até vir o maqueiro que o colocaria na charrete.

– Te peguei! – exclamou alguém vindo por trás e cobrindo-lhe os olhos com as mãos.

Emanuel se assustou por um instante. Achou que fosse Solange, porém as mãos exalavam um forte odor de tabaco. Era Ernest.

– Para onde você fugiu? Quando e como foi embora? Sabe, seu desaparecimento fez sensação no sanatório!

Ernest o apalpava pelo peito, pelas mãos, como se não acreditasse que o reencontrara.

– Devo lhe dizer que o procurei em todos os sanatórios da cidade... verifiquei clínica por clínica... pensão por pensão... fui até a polícia... Onde você estava? Onde se escondeu?

Emanuel manteve um leve ar enigmático. Era uma manhã indescritivelmente prazerosa, o doutor lhe anunciara a retirada do gesso, Ernest estava intrigado com seu desaparecimento...

– E sabe quem me persuadiu a fazer todas essas buscas? – continuou ele. – De todas as pessoas no sanatório, sabe quem ficou mais intrigada?

– Quem?

– Adivinhe!...

Emanuel se manteve calado, refletindo.

– Digo-lhe eu... Isa! – exclamou Ernest. – Fervia de curiosidade!...

Emanuel constatou que de fato aquela manhã se tornava cada vez mais agradável.

Celina passou justo naquele momento pelo corredor.

– O que estou vendo – exclamou ela, petrificada, com as mãos no peito, em sua costumeira posição de escaravelho de élitros recolhidos. – Será mesmo o senhor Emanuel? De onde o senhor apareceu? Vou logo levar a notícia para a senhorita Isa! Mas vou contar a ela assim... por cima, para que não se assuste de uma vez. Faz algum tempo que está sofrendo... está sempre com febre...

– Posso vê-la? – perguntou Emanuel.

– Olhe, vou perguntar. Ainda não tinha acordado quando saí...

Celina voltou alguns minutos depois.

– Ela o aguarda com o senhor Ernest.

Isa parecia realmente cansada, uma leve sonolência cobria seus olhos.

– Onde se escondeu? Para onde fugiu? – perguntou ela a Emanuel.

No quarto pairava um vago cheiro de desinfetante e substâncias purulentas. Era um cheiro acre de legume podre que, no verão, invadia os quartos dos doentes com abscesso; o perfume que Celina pulverizara pouco antes não o conseguira camuflar por completo.

Isa segurava um álbum.

– Estava olhando umas fotografias antigas... Olhe, essa sou eu...

Estendeu o álbum na página aberta. Uma fotografia quase completamente apagada retratava uma menina de uns 2 anos de idade, num parque com estátuas e árvores cobertas de neve. Tinha um rosto tão pequeno e olhos tão espantados que parecia uma boneca.

– Pergunto-me o que é que eu estava pensando no momento da fotografia – disse Isa. – Que tipo de admiração o mundo me apresentava naquele instante?...

E num tom mais triste:

– Ah! Aquele instante puro e ingênuo fixado na fotografia!... Que terrível engano!... Quanto amargor se seguiu desde então...

Ernest fitou também longamente a fotografia.

Celina abriu a janela; o jardim estava repleto de doentes e turistas. Emanuel olhou assustado para todo aquele grupo ruidoso.

Como se sentia protegido deles agora! Um gramofone se pôs a roer metalicamente a sua cota de barulho. Mas não era só isso... em cima de várias mesas se enfileiravam umas dez vitrolas portáteis. Alguns rapazes e moças trocavam as agulhas e punham discos em cada uma delas; haviam encontrado algo novo.

– Faz uns dois dias inventaram essa brincadeira estúpida – contou Isa. – Eles põem os gramofones um ao lado do outro e, a um dado sinal, ligam-nos ao mesmo tempo... dez gramofones... com dez discos diferentes...

De fato, uma formidável cacofonia de sons e gritos eclodiu de repente daqueles dez aparelhos colocados em funcionamento.

– E o que o diretor diz disso? E os doentes? – gritou Emanuel para que o pudessem escutar.

– Os doentes enfiam algodão nos ouvidos e, quanto ao diretor, não diz nada para não perder os clientes.

Era uma enxurrada selvagem de tons, uma confusão de músicas, como a erupção de um cataclismo aéreo que toda a atmosfera teria incubado por um longo tempo e agora expulsava de uma só vez com berros, uivos e batidas ensurdecedoras.

– Feche! Feche a janela! – gritou Isa, horrorizada.

159

– Por que não vai para outro sanatório? – perguntou Emanuel.

– Por toda parte é a mesma coisa – disse Ernest. – É sabido que, durante o verão, a cidade passa a pertencer aos vivos...

Celina trouxe café para todos os três.

Falaram sobre os doentes do sanatório.

– E o Tonio? – perguntou Emanuel, que fazia muito tempo não o via.

Ernest tinha notícias recentes dele.

– Posso lhes dar as últimas novas... passou por aqui um irmão dele para buscar uma mala cheia de livros que deixara no sanatório... Ele me contou coisas sensacionais sobre Tonio, absolutamente sensacionais...

– O que exatamente? Diga logo – insistiu Isa, impaciente.

– Vocês sabem que, logo depois da partida da senhora Wandeska, ele também foi para Paris, para a casa do irmão... Já em Berck ele se habituara a beber... Em Paris, porém, ele se arrastava de bar em bar. Em vão seu irmão tentou colocá-lo no bom caminho, em vão foram todos os conselhos, todas as ameaças... Certa noite, aconteceu algo extraordinário... O irmão dele me contou essa aventura aos risos, embora tenha me horripilado... Coitado do Tonio!

Permaneceu calado por alguns segundos.

– Então, certa noite, após beber o quanto pôde (e talvez até mais que isso), ele perambulou zonzo durante algum tempo pelas ruas e, depois, acabou deitando num banco, ao lado de uma estação de metrô. Sofreu de repente uma crise de fígado, algo comum entre os alcoólatras, e pôs-se a berrar de dor, estertorando e, bêbado como estava, rolando no chão. Eram duas da madrugada. Um policial que passava por ali, ao ver que alguém estrebuchava no asfalto, tentou interrogá-lo, mas foi impossível compreender uma única palavra daquilo que murmurava. Via-se muito bem, é claro, que ele havia se embebedado, mas os gritos de dor se pareciam mais com os gritos de um ferido... O policial chamou ainda mais duas pessoas para socorrê-lo, e Tonio foi transportado até uma clínica nas proximidades.

"Enfiaram-no logo num quarto vago, e o porteiro noturno foi procurar o médico de plantão. Naquele meio-tempo, a crise amainou um pouco, as dores provavelmente desapareceram, enfim, não se sabe bem o que aconteceu, mas, quando Tonio abriu os olhos e se viu naquele espaço desconhecido, deixou-se invadir por uma fúria cega. Ergueu-se da cama, começou a jogar no chão todos os objetos do quarto, colchão, travesseiros, cadeiras; depois encontrou na gaveta de uma mesa uma tesoura de curativos, esquecida ali dentro sabe-se lá como, e saiu com ela pelo corredor, ameaçador, prestes a enfiá-la na primeira pessoa que passasse. Espumava de fúria; o álcool fervia sobremaneira dentro dele... encontrou uma porta entreaberta por cuja fresta uma luz fraca penetrava no corredor... E então aconteceu algo inesperado, assombroso e ridículo, conferindo o mais grotesco final a essa aventura... Tonio empurrou a porta e se viu numa sala absolutamente vazia. Viu na parede a fotografia de uma mulher, arrancou-a e a cortou em pedacinhos com a tesoura. O quarto pertencia a uma cuidadora, responsável por um doente muito grave... A porta ao lado estava aberta, permitindo que se ouvissem os estertores do moribundo. A cuidadora se ausentara por alguns instantes e deveria retornar em breve. Tonio, segurando a tesoura de maneira ameaçadora... aterradora..., entrou no quarto do moribundo e de repente se viu diante de um velho magro, apoiado em travesseiros, com um rosto horrendo e um dos olhos furado... Estava sentado na cama, com um terço na mão, murmurando litanias com uma voz interrompida por estertores... O olho bom conservara todo o vigor e acuidade. Tinha um olhar globuloso e frio que segurou Tonio na soleira.

"– Quero matar alguém... – murmurou ele vagamente, deixando a tesoura cair.

"O velhinho ficou perplexo, deixou calmamente o terço de lado e, muito tranquilo, fez um gesto com a mão:

"– Aproxime-se, meu jovem... muito... divertido... muito divertido...

"O pobre enfermo se entediava enormemente em suas longas noites de insônia, e agora que, enfim, acontecia algo interessante no quarto dele, queria ver o fenômeno mais de perto.

"– Venha, meu jovem... não tenha... medo...

"Tonio, esmagado pelo paroxismo da crise que agora já passara, despencou cansado numa cadeira ao lado da cama. A cuidadora do doente, que naquele momento entrara no quarto e já havia alguns segundos assistia a tudo aquilo, foi buscar socorro para tirar Tonio de lá.

"Ao voltar, encontrou uma cena que seria talvez muito impressionante, se não fosse também ao mesmo tempo grotesca... o velhinho caolho, na cama, segurando o terço, rezava em voz alta uma ave-maria, enquanto Tonio, o feroz assassino de poucos minutos atrás, quietinho ao lado dele, manso, comedido, com uma voz baixinha de aluno obediente, repetia a oração sob o olhar hipnótico e fixo daquele único olho... Eis o que me contou o seu irmão..."

Ernest permaneceu calado.

Todos ficaram em silêncio, impressionados com a história.

Emanuel olhou para o relógio. Já era hora de partir.

– Talvez eu passe por aqui sábado – disse ele para Isa. – Virei à clínica para me "despir" do gesso – acrescentou, alegre.

Estava especialmente bem-disposto. O maqueiro empurrou o carrinho... Emanuel se deixou ir perfeitamente satisfeito aquela manhã, exaltado pela ideia de que, em breve, estaria liberto do colete.

Pensava nisso e em muitas outras coisas agradáveis quando de repente, ao chegar ao fundo do pátio, onde estava a charrete, arregalou os olhos, perplexo... Mas era impossível fugir...

Na cadeirinha da charrete, com um jornal aberto na mão, muito calma, Solange o aguardava...

EMANUEL TENTOU FICAR CALMO TAMBÉM.

– Vi você entrando na clínica – disse ela. – Desculpe ter esperado até agora. Se ficou bravo, vou embora...

Ao chegar, ele de fato a encontrara tranquila na cadeirinha, absorvida pela leitura do jornal, mas o tremor de sua voz e a respiração precipitada que se intensificava por baixo da blusa (quase se via o coração bater) traíam toda a emoção que a sufocava.

Emanuel não tinha a coragem, em plena luz do dia, das indelicadezas cometidas a olhos vistos. Enquanto o maqueiro o instalava na charrete, ele pediu a ela que o acompanhasse.

– Preciso conversar com você, dar-lhe explicações – disse ele.

Tão logo ficaram sozinhos, ele constatou, surpreso, que nada tinha a dizer. Que explicações lhe dar?

Havia num determinado lugar, entre as dunas, uma

certa Vila Elseneur. Sentia-se bem lá. Estava sozinho. Ficava horas a fio tomando sol na sacada; reencontrara o silêncio... Que ligação teria tudo aquilo com Solange? Torturava-se para encontrar uma palavra suficientemente clara e adequada. Em vão retorcia a mente, não vinha nada, absolutamente nada...

Decidiu permanecer calado enquanto contasse até cem. Solange, ao seu lado, também estava muda, com um olhar meio abobalhado, os lábios apertados, assim como se incrustava no silêncio ao ser corroída por um pensamento.

Lento, a passo, o cavalo os levou por ruas de uma cidade igualmente emudecida. Os cascos batiam no silêncio, esmigalhando-o com clareza, aparentemente até a exasperação. Toda a impossibilidade de falar encontrava ritmo naquelas batidas uniformes sobre o pavimento. O que lhe dizer?, inquietava-se Emanuel, sentindo-se bruscamente solidário com as casas ao seu redor, de persianas cerradas, com a impassibilidade das árvores e a perfeita perplexidade de tantos lugares que não tinham, eles, que dar nenhuma explicação a ninguém.

"Haverá finalmente um momento, mais tarde, em que Solange não estará mais ao meu lado. Vou, por exemplo, esticar a mão e a cadeirinha estará vazia, e eu de novo sozinho... Trata-se agora de suportar um determinado silêncio", pensou Emanuel, enquanto suas têmporas pulsavam, acumulando todo o nervoso e toda a intensa vibração daquela contração.

– E onde está morando? – perguntou Solange, por fim.

Ah! Alguém falara? Emanuel estremeceu. Naquela charrete, naquele passeio por ruas retiradas, ao ritmo dos cascos no asfalto, a possibilidade de pronunciar uma palavra parecia ter se dissolvido para sempre.

Explodiu numa longa descrição da Vila Elseneur. Contou como se sentia bem ali, descreveu a cozinheira, a senhora

Tils, o taberneiro... Falou como chegara ali... Todo o seu constrangimento de antes só aguardara uma única palavra para se derramar naquele falatório. O bloco compacto do silêncio sofrera uma única fissura, o suficiente, porém, para escorrer todo por lá.

No fundo, era a mesma impaciência com a irritação de falar, contendo a mesma presença como o constrangimento de se calar.

Solange tomou as rédeas para fazer o cavalo parar. Haviam se distanciado demais da cidade rumo às dunas, e ela queria voltar. Um mendigo atravessou o caminho deles. Solange o deteve para lhe dar um trocado. Emanuel então percebeu como ela estava transfigurada. Remexia as mãos na bolsa, olhando, porém, continuamente para o vazio como uma cega a revolver objetos, enquanto as pupilas se diluíam abatidas no nada.

Emanuel também pegou a carteira. No momento em que a abriu, caiu dela um papelzinho cuidadosamente dobrado. Solange voltou de seu profundo emaranhamento e fixou o olhar no pedacinho de papel.

– Um bilhete de amor? – perguntou ela.

Finalmente, Emanuel se deu conta dos violentos venenos que até então aquele silêncio vinha filtrando. Será que Solange realmente pronunciara aquelas palavras? Num instante, o sinal do desespero interior apareceu também em seu rosto pálido, e surgiram, como estigmas de dor, duas manchas de um rubor violento em sua face.

– O que você tem, Solange...

Ela se manteve calada por alguns segundos; em seguida, aspirou bastante ar e falou devagar, como o eco longínquo de um tumulto oculto.

– Minha alma congelou, Emanuel... algo congelou dentro de mim... estou com frio... estou com frio aqui dentro – e, com a mão, apontou para o peito. – O que é aquele bilhete?

Emanuel hesitou.

– Perdão, mas não posso lhe dizer – depois, com um gesto rápido, colocou-o de volta na carteira. Lamentava terrivelmente não lhe poder mostrar. Era o pedacinho de osso de Quitonce. Desde que o enfermo lhe dera o pacotinho naquele dia depois da cirurgia, ele não o tocara; sentiria um horror imenso ao abri-lo. – É impossível lhe mostrar, mas posso lhe dizer o que contém...

Solange desceu da charrete:

– Obrigada... não preciso mais saber...

Estendeu a mão, uma mão flácida e um pouco úmida, que Emanuel segurou por alguns segundos na sua como um animalzinho morto, ainda morno.

– Adeus, Emanuel...

– Por que adeus? – perguntou ele, surpreso.

E, de repente, inquieto:

– Gostaria que nos revêssemos mais, que permanecêssemos amigos...

Ela o fitou como se não compreendesse que estava lá:

– Adeus, estou dizendo adeus...

E foi embora dando-lhe asperamente as costas, no momento exato em que lágrimas lhe haviam brotado nos olhos.

—

No dia seguinte foi o aniversário da morte do defunto senhor Tils.

Desde manhãzinha começaram na Vila Elseneur os preparativos para a peregrinação até o cemitério. Emanuel não dormiu bem aquela noite. Teve pesadelos horríveis, e a recordação dos sonhos ainda persistia como uma sombra na transparência da manhã.

Toda a casa estava impregnada do perfume pesado de lírios e narcisos, trazidos já na véspera. Era um dia de ritos rigorosos, em que só se comia frugalmente; a senhora Tils ficou deitada na cama aos prantos, lá em cima, no dormitório, encharcando lenços inteiros com lágrimas; a cozinheira se vestiu de preto com uma touca na cabeça e, desse jeito, executou os trabalhos domésticos, espanando o pó e servindo o chá com aquele chapeuzinho ridículo na ponta do penteado, e Irving pôs uma focinheira no cachorro para que não latisse. O ar estava dominado pelo cheiro fúnebre e adocicado das flores arrumadas em buquês. Quando soaram dez horas, todos se prepararam para sair. Surgiu uma dificuldade: o cemitério era longe, e eles só retornariam no fim da tarde. Quem ficaria com Emanuel? A cozinheira de jeito algum deixaria de participar da cerimônia. Em vão Emanuel pediu a ela que adiasse a peregrinação para o dia seguinte, quando o buquê dela com certeza seria igualmente bem-vindo sobre o túmulo.

– O aniversário do "senhor" é hoje, e me sugere ir lá amanhã? Que sentido teria isso? Que sentido podem ter minhas flores num dia qualquer do ano?

Era como se o espírito invisível do falecido houvesse marcado encontro com todos eles em seu túmulo, no dia preciso do aniversário. Num outro dia, os buquês seriam inúteis, pois o espírito dele não se encontraria ali.

– O "senhor" gostava tanto de mim – irrompeu ela em prantos.

– Está bem, ficarei sozinho – disse Emanuel. – Na verdade, não preciso de nada e acho que a casa não vai pegar fogo justamente hoje...

Prepararam-lhe um saquinho com a comida do almoço em cima de uma mesinha ao seu alcance e o puseram com o carrinho no fundo do salão, para que o sol não o queimasse. Fecharam as cortinas e Emanuel ficou no quarto fresco, na solidão plena da mansão...

Pela primeira vez ele se encontrava sozinho em toda a casa. Ao ver todos desaparecerem por trás das dunas, ele se deixou dominar por uma vaga inquietação.

A porta que dava para a sacada ficara aberta, permitindo entrar uma leve brisa quente do sul cálido que fazia as cortinas se moverem devagar. Teria sido talvez melhor que a porta estivesse fechada. Num outro dia, em que fosse possível chamar alguém, com certeza ele não teria percebido esse movimento. Agora, porém, e justamente por não poder sair do carrinho para fechar a porta, a agitação inútil e monótona das ondas de veludo no canto do quarto o incomodava terrivelmente.

Tentou, de braços esticados, alcançar as rodas do carrinho para se dirigir à porta, mas só logrou se irritar ainda mais e se esquentar todo até ficar suado. O dia se condensou num calor opressor e irrespirável. Ouvia-se sob a sacada o rumorejar tranquilo do mar, como uma respiração arfante e insuficiente. Todas as coisas aconteciam de maneira diminuída e sufocante. Emanuel, por debaixo do gesso, se encontrava numa ardente e ácida umidade de transpiração.

De repente, em cima de uma das dunas perto da taberna, apareceu o carteiro. Ah! Muito bem!, pensou Emanuel. Vou pedir a ele que feche a porta...

O correio costumava dar a volta na mansão e entregar as cartas na cozinha para a senhora Tils. Emanuel nunca recebia correspondência. Dessa vez, o carteiro se encaminhou direto para a sacada.

– Tenho uma carta para o senhor – disse ele, entrando com o rosto todo vermelho, encharcado de suor.

– Para mim? – perguntou Emanuel, surpreso.

Era um envelope grande, com uma borda de luto e o endereço escrito a máquina. O carteiro se apressou em ir embora para dar logo um pulo na taberna.

– Por favor, feche a porta – gritou Emanuel.

Ao se encontrar finalmente sozinho, ele abriu a carta e ficou assombrado de surpresa. Quis gritar e chamar o carteiro de volta, mas era tarde demais. As dunas estavam desertas sob o sol e, por mais alto que berrasse, ninguém seria capaz de ouvi-lo. Havia se fechado estupidamente no salão como numa armadilha. Deveria ter tido a prudência de abrir o envelope na presença do carteiro... Agora era tarde demais. Girava na mão o papel de conteúdo amargo e crispado. Nas margens dele, uma fila de desenhos macabros, um crânio com dois ossos, um esqueleto e, no meio, uma única linha:

"Quando leres estas palavras... Adeus! Solange"

Emanuel sentiu que todas as suas forças escorriam e o exauriam. O calor de fora se tornou terrivelmente seco. Não tinha nem mais uma gota de saliva na boca. A ansiedade o apertava como um nó na garganta. Queria que o sentido da carta que ele virava e revirava entre os dedos não fosse tão claro. Irritavam-no sobretudo os desenhos malfeitos e com certeza esboçados às pressas. Ah!, por isso Solange se despedira dele com um ar tão triste no dia precedente. Agora compreendia tudo.

Onde será que ela se encontraria naquele momento? Estava morta na cama do quarto da pensão, ou ainda estertorava em horrenda agonia, de olhos virados, rodeada por um ajuntamento de zeladoras e curiosos que acompanham a vida alheia?

Talvez ainda houvesse tempo de salvá-la. Um único minuto em tais casos pode ser decisivo. Veio-lhe à mente arrastar-se de barriga até a taberna do outro lado das dunas, a fim de mandar alguém até a cidade, mas o gesso o prendia ao carrinho como uma garra que apertava com força, sem possibilidade de escapatória. Disse para si mesmo, várias vezes, tentando encorajar-se um pouco, que o bilhete não era tão ameaçador e sinistro, mas, quando o pegava de novo em cima da mesa e o reexaminava, descobria nele ainda mais desespero e demência.

Em vão tentava fechar os olhos e aguardar... ninguém é capaz de medir a passagem do tempo com o próprio pulso. Ao seu redor as coisas jaziam em dissolução e abafamento. Todo o seu debater-se derretia mole no abandono do dia vasto e inconsistente. Sentia muito bem que o tenso estado de alerta em que ele se concentrava no menor ruído vindo das dunas se perdia inútil no ar vaporizado de calor. Era uma sensação estranha, como o desencadeamento de forças poderosas que, em sonho, se consumiam na própria flacidez. A paisagem ficou deserta até o desolamento, enquanto a impaciência se encolhia cada vez mais dentro dele, como o único núcleo daquele dia exasperante.

Permaneceu daquele jeito, alucinado, fitando de olhos arregalados, pela vidraça da janela, a finíssima linha da extremidade azulada que limitava a areia, até o contorno das dunas se estilhaçar em manchas luminosas que lhe perfuravam os olhos.

"É impossível que aconteça alguma coisa que se espere com demasiada impaciência", disse ele consigo mesmo. "A intensidade da espera a afugenta como um turbilhão de água que atira todos os objetos que caem em sua rotação... Só voltarão depois de eu me acalmar..."

E tentava em vão tranquilizar-se.

"Compõem o teor do mesmo dia", pensou ele, "a minha impaciência e o ocorrido com Solange. Como ela estará agora? Estará morta? Estará viva?"

Talvez o choro lhe fizesse bem, mas teria sido uma reação demasiado exata em meio à preguiçosa placidez dos objetos ao redor...

Quando, uma hora depois, todos finalmente retornaram do cemitério, restava a Emanuel pouca energia para pedir a Irving que corresse de bicicleta até a cidade:

– Caso o quarto dela esteja fechado, que o arrombem – disse Emanuel com uma voz amolecida. – Que busquem... que procurem por toda parte, trata-se de algo gravíssimo... E se você encontrar a senhora Solange, dê-lhe este bilhete...

Escreveu às pressas algumas linhas que nem ele mesmo compreendia muito bem...

TODA NOITE, ANTES DE SE DEITAR, A SENHORA TILS vinha até o quarto de Emanuel para conversar um pouco e lhe desejar boa-noite.

Naquela noite, porém, muito cansada da peregrinação ao cemitério, ela pediu desculpas por não poder descer até o seu quarto. Emanuel também estava exausto das emoções vividas naquele dia. Irving voltara com uma resposta da cidade: a mulher a quem o bilhete se dirigia havia partido da pensão ao meio-dia e não voltara até aquela hora... Ainda não anoitecera por completo quando todos os moradores da Vila Elseneur foram dormir, após um dia repleto de cansaço e peripécias.

Emanuel pediu que as cortinas grossas de veludo também fossem fechadas por cima das janelas para que ficasse mais escuro no quarto, mas a luz vinha da sacada e por muito tempo ele se torturou nos travesseiros, incapaz até de cochilar. A claridade azul da noite de verão zumbia por dentro de suas pálpebras cerradas.

Finalmente conseguiu adormecer num sono pesado, sem sonhos. Foi tomado por uma transpiração abundante e despertou, depois de uma hora de sono, num lago de umidade. Acendeu o lampião, olhou para o relógio, eram dez horas. Do lado de fora escurecera e reinava um profundo silêncio na casa toda.

Tentou ler sem conseguir, a tranquilidade era demasiada, e as palavras se destacavam do livro tão lisas e redondas que não proviam mais nenhum significado.

De repente, ouviu passos no cimento, no quintal. Irving tinha trancado o cachorro para que não latisse. Ouvia-se bem como alguém estava andando por ali e tentava abrir a janela e, em seguida, a porta.

No instante em que ele quis chamar alguém, ouviu-se a campainha da entrada zunindo estridente.

– Quem é? – gritou Emanuel.

De fora não veio nenhuma resposta. A campainha zuniu por mais algum tempo, mais insistente. A cozinheira então acordou e caminhou num passo arrastado, de chinelos, pelo corredor.

– É aqui a Vila Elseneur? – perguntou do lado de fora uma voz que Emanuel não identificou como familiar.

A cozinheira entreabriu a porta e trocou alguns sussurros com a pessoa que tocara; em seguida, foi até o quarto de Emanuel e bateu de leve na porta.

– Que foi? – perguntou ele, surpreso.

– Alguém veio vê-lo... Diz que tem de lhe falar sem falta. A cozinheira entrou no quarto. É uma senhorita... que... uma moça... mas parece que é meio assim... – e fez um gesto apontando para a testa – ... diz que o senhor a chamou.

Só então Emanuel se lembrou de Solange.

– Bem, diga-lhe que entre...

Trouxe o lampião mais para o meio da mesa e aumentou a chama; o quarto se iluminou subitamente como alguém que ergue as sobrancelhas no aguardo de uma surpresa.

Na soleira da porta apareceu Solange.

Era realmente ela, mas a empregada tivera razão ao duvidar se estava sã da cabeça. Todo o rosto estava molhado e sujo de barro, o vestido se dependurava nela aos trapos e o cabelo solto estava cheio de areia. Em que miséria ela teria se enfiado até chegar àquele aspecto de mendiga ensandecida? Emanuel sentiu um aperto no coração, mais terrível do que ao receber a carta.

E não era só isso.

Apenas quando entrou no quarto, ele observou que ela trazia nas mãos objetos horrendos, decerto colhidos em algum terreno baldio. Uma mão segurava uma bota velha, rasgada e podre; a outra, um pássaro morto, com o pescoço caído, depenado, horrível.

Emanuel ficou horrorizado. Solange, de boca entreaberta (um fio de saliva escorria no canto dos seus lábios), ficou também petrificada, com um olhar pastoso, extremamente enevoado e apagado. Que foi? O que aconteceu? Emanuel queria berrar bem alto para despertá-la, agarrá-la pelas mãos e sacudi-la com força para trazê-la de volta à realidade.

– Trouxe-lhe isso... – disse ela, e pôs em cima da mesa o pássaro morto e a bota.

As cores de sua face desapareceram por completo, tinha um palor cinzento e indefinido como o das pedras, como o da areia...

– Por favor, sente-se – disse Emanuel.

Solange caiu numa poltrona, mordendo levemente os lábios e sorvendo, de vez em quando, a saliva dos cantos. Estava bem debaixo da luz, petrificada, olhando fixamente para a cúpula do lampião, sem piscar nem se incomodar com a chama, como se seus olhos houvessem assumido a indiferença do corpo todo, tornando-se dois meros pedaços de vidro incrustados no rosto pétreo.

– Você me chamou... eu vim – disse ela, finalmente.

Emanuel esboçou um pequeno plano de ataque cheio de argumentos. "Terei de falar o mais devagar e o mais claro possível para que me compreenda... Está completamente aturdida... tonta de desespero..."

– Entendo muito bem – disse ele alto, num tom de evidente compaixão na voz. – Entendo, porém, que as coisas não poderiam ter sido diferentes. Sei quão dolorosa foi a nossa separação...

E mentiu com calma:

– Aliás, tanto para você como para mim... eu também estou sofrendo, profundamente, na minha carne, no meu sangue... afinal, você era parte de mim mesmo.

No quarto irrompeu a luz de um relâmpago, as nuvens se adensavam lá fora num céu negro de piche, um trovão se desprendeu como uma brusca e imensa distensão da atmosfera abafada. O calor se fez ainda mais pesado; gotas enormes de suor cobriram a testa de Emanuel; a luz circular da cúpula delimitava o quarto num espaço hermético e irrespirável, como num sino de vidro debaixo d'água.

– Para mim, a separação foi igualmente difícil... igualmente insuportável – continuou ele. – Não quis, porém, que o nosso amor se transformasse num hábito. Entende? Tentei salvá-lo de um afogamento certo na banalidade. Quis que permanecesse único naquilo que foi tão puro e extraordinário.

– Tão puro e extraordinário – repetiu Solange, inconsciente. Passou a mão pelos olhos como se afugentasse uma imagem obsedante, uma lembrança, talvez.

– E, além disso – disse Emanuel –, quis apenas interromper o nosso amor, de jeito algum quis terminá-lo...

Criar uma pausa... um silêncio... que o tornasse mais definido e mais forte...

Tudo o que ele dizia soava dentro de sua cabeça como uma reação insípida pronunciada por uma boca alheia. Ouvia o que ele próprio dizia, quase por condescendência. As próprias palavras pareciam atrofiadas pelo calor. Onde estava acontecendo tudo aquilo? Com certeza a noite caíra, com todo o seu horrendo e sufocante conteúdo, na superfície de um espelho deformante, e ora se movia no ar frágil e incerto do outro lado das vidraças...

Solange esfregava as mãos, girando os dedos.

De repente, ela reconheceu, em cima da mesa, a carta enviada pela manhã. Emanuel acompanhou seu olhar, em seguida pegou bruscamente o pedaço de papel e, num gesto sublime, abriu-o e rasgou-o em pedacinhos.

– O que significa essa ameaça? – disse ele com súbita violência, jogando os pedaços no cinzeiro, como se os jogasse na cara de Solange.

Isso acabou por derrubá-la. Era talvez a mais atroz e mais brutal decepção daquele dia. Com profunda humilhação, ela olhou para os pedaços de papel no cinzeiro, e seu rosto adquiriu um ar ainda mais submisso e mais dócil de animal surrado.

– Repito que a nossa separação é apenas provisória – retomou Emanuel. – E mesmo que fosse definitiva... rc considerou ele. – Será que não tiramos do nosso amor tudo o que podia haver de mais apaixonante?... Tudo o que foi único e inimitável?...

– Sim, tudo... tudo... – repetia Solange, revelando bem que não sabia o que estava dizendo. Em seguida, com os olhos quase fechados: – Está ouvindo?... O mar... o mar... rumoreja sem parar...

E levou molemente a mão à testa.

Na noite lá fora, os relâmpagos se intensificavam e a

tempestade se tornava cada vez mais opressora, como uma luta fabulosa entre a força das nuvens prestes a explodir e o abafo amorfo e aniquilante que as imobilizava. Alguns pingos pesados tamborilaram velozes sobre o telhado, mas o vento eclodiu mais revolto e afastou de novo a chuva. Era muito tarde. A cozinheira talvez estivesse ouvindo atrás da porta. Emanuel foi tomado pela impaciência.

– Todo esse tumulto... Toda essa agitação, você poderia ter evitado – gritou ele, furioso. – Você não compreende que eu sou... um homem doente?... Um inválido?

Aquelas palavras o comoveram: o cansaço, a transpiração por baixo do gesso, todo o nervoso daquela noite se distenderam subitamente. Irrompeu em choro. Sim, Emanuel chorou lágrimas enormes, salgadas, sorvidas no canto dos lábios... Cobriu o rosto com as mãos e se enfiou debaixo da coberta. Estava a salvo: chorava e nada mais, não queria saber de nada ao seu redor. Solange podia ficar ali a noite toda, ou ir embora imediatamente. Ele ouviu como ela se levantou e foi na direção da goteira. Em seguida, sentiu a queda de um corpo pesado em cima dele, por cima da coberta.

– Perdoe-me... Emanuel... perdoe-me...

Solange soluçava com suspiros desesperados. Ah! Não! Ele não tinha como resistir a tanto! Ele chorando sob a coberta e ela por cima, de cabelo solto, de braços abertos, numa pose de arrependimento, como nas gravuras... Ah! Não! Agora ele tinha realmente vontade de dar risada. Enxugou as lágrimas e perguntou debaixo da coberta:

– Quando você vai embora? Vai pegar chuva...

– Agora mesmo – respondeu Solange entre suspiros.

Emanuel pôs a cabeça para fora.

Solange, molhada de lágrimas, parecia se recobrar. Arrumou um pouco o cabelo diante do espelho e depois se dirigiu até a porta.

178

– Perdoe-me, Emanuel... esqueci que você é um homem doente...

– Um inválido – completou Emanuel.

Fitou os objetos em cima da mesa e quis levá-los com ela.

– Por favor, deixe-os aqui! – disse Emanuel, enfurecido.

"É melhor que saiba ter deixado atrás de si rastros visíveis de demência", pensou ele; "amanhã, em pleno dia, isso irá torturá-la um pouco...".

Solange deixou o quarto.

"Finalmente... finalmente, sozinho...", exultou Emanuel. Enxugou com uma toalha o rosto e as mãos. Ouviu os passos dela se distanciando do lado de fora e, em seguida, um trovão forte e duradouro, como uma descarga de metralhadoras. Por um momento pensou que o raio poderia atingir Solange, mas essa ideia, em vez de o entristecer, revigorou-o ainda mais.

Com a ponta dos dedos conseguiu alcançar, numa prateleira, uma garrafa de álcool. Derramou um pouco nas mãos e esfregou com ele a nuca, o rosto e o pescoço, ficando um pouco zonzo com o cheiro forte; aspirou nos pulmões aquele ar refrescante, até a força do álcool arder no seu nariz.

Exausto de calor, tonto com os vapores do álcool, permaneceu inerte sobre os travesseiros, de barriga para cima, esgotado de fadiga, mas extremamente satisfeito.

Ficou assim por muito tempo, respirando vagarosa e regularmente, até ouvir, do lado de fora, o início da chuva, chuva boa e sossegada, como uma ducha relaxante por cima daquele dia abafado e seus terríveis acontecimentos.

NAQUELA MESMA MANHÃ, EMANUEL TINHA DE IR ATÉ a clínica para se "despir" do gesso.

A chuva lavara a atmosfera e os acontecimentos da noite; em cima da mesa, à luz fresca e fria da manhã, a bota e o pássaro trazidos por Solange pareciam indescritivelmente despropositados e desprovidos de importância. Lavou-se abundantemente, deixando escorrer fios d'água por debaixo do gesso (antes ele evitava o máximo possível que isso acontecesse) para se embriagar ainda mais amargamente naquela poça úmida em que se encontrava, para se torturar por mais alguns momentos antes de deixar o colete.

Com Solange tudo acontecera de maneira suave e definitiva; o gesso, agora, parecia persistir como um último vestígio da horrível aventura. "Junto a ele vou me despir de todas as minhas recordações dela", pensou.

Irving o acompanhava na charrete, e aquela presença adolescente parecia refrescar também a atmosfera. Avançaram por ruas completamente novas, numa manhã absolutamente nova, sonora e ampla como uma taça de cristal.

Entrou direto no pátio da clínica em que era aguardado. Desembarcaram-no rápido e o levaram para dentro. O doutor Cériez, desenvolto, chegou de imediato, entrando na sala com um riso que era prolongamento de uma conversa tida no quarto ao lado.

Inclinou-se atento por sobre o seu ventre e apalpou o lugar do abscesso.

– Bem... perfeito – murmurou o doutor, satisfeito. – Vamos tirar hoje o gesso e, dentro de um mês ou dois, você talvez comece a caminhar...

Pegou uma tesoura em cima da mesa, enorme como uma ferramenta de jardinagem, com as pontas embrulhadas em gaze para não machucá-lo, introduziu-a por debaixo da túnica branca e começou a cortar o invólucro grosso e duro.

Seu rosto enrubesceu com a intensidade do esforço. A enfermeira puxava com toda a força pedaço por pedaço e os atirava num balde. Para Emanuel, era como se o próprio ser interior e secreto se livrasse daquela casca hermética e opressora. A carapaça crepitava em todas as articulações, e o pano seco do gesso encheu todo o cômodo com uma poeira branca, sufocante. A cada bocado que caía no chão, aumentava sua exaltação. Finalmente, o último fragmento do colete foi arrancado e seu corpo ficou nu.

Mas não era mais o mesmo corpo de antigamente. Uma camada horrorosa de miséria cinza e fedorenta o recobria com um estrato espesso de uma sujeira nojenta, retirada dele em grandes crostas que o enchiam de desgosto. A enfermeira trouxe uma garrafa de benzina. Emanuel cerrou os olhos:

– Por favor, devolva o meu corpo limpo e intacto assim como eu o entreguei antes do gesso – disse ele.

Eva pôs mãos à obra, esfregando-o com pedaços úmidos de algodão.

Ao abrir um pouco os olhos, Emanuel constatou o surgimento de um pequeno território de pele rosa por debaixo da sujeira. Na sua infância, em dias de chuva, ele aguardava com a mesma impaciência que o asfalto da calçada secasse para contemplar a aparição de manchas claras... Aos poucos, aquela faixa de brancura e limpeza foi se estendendo pelo peito e, depois, pelas coxas...

Emanuel apalpava com os dedos a própria pele, em êxtase. Sua velha tatilidade despertava como uma caligrafia de pequenos e precisos eflúvios que se apressavam, serpenteando para baixo. Tinha vontade de pular da goteira e sair correndo, para qualquer lugar, para a praia, desnudo, limpo, luminoso...

Eva o ajudou a vestir a camisa e, em seguida, a roupa. A roupa tremulava nele como echarpes; a camisa não encontrava nenhum contato de aderência íntima ao corpo; tudo parecia flutuar por cima de uma carne de pele nova e um pouco irritada.

Para acalmar sua alegria (e o próprio corpo parecia ter começado lentamente a ferver de gratidão), ele pediu que fosse levado ao jardim.

Agora, em pleno verão, os doentes não ficavam mais no espaço largo com gramados floridos da parte de trás do sanatório; lá ficavam as mesas e cadeiras dos visitantes estivais, que se deleitavam em *chaises-longues*, tomando limonada, ou que giravam sem cessar as manivelas dos gramofones.

Para os doentes havia sido reservado um pequeno pátio cimentado no fundo, junto à estrebaria, rodeado por sebes que pareciam biombos ali colocados para os ocultar. Emanuel foi conduzido para lá. O sol ardia devorador, e os doentes ficavam descobertos sem nenhum acanhamento, exibindo em plena luz do dia suas pernas e seus troncos de gesso. Num canto ele reencontrou Zed, sempre com o cachimbo na boca, os pés enfiados na caixinha de gesso – calmo, fumando indiferente, com gestos normais como se a metade superior de seu corpo não tivesse mais nenhuma ligação com os membros aleijados da parte de baixo.

Vislumbrou também o filho pequeno de um austríaco com quem conversava com frequência no salão. Começara a caminhar e se movia agora devagarzinho pelo pátio, apoiando-se em muletas. Usava um gesso que era especialmente feito para os doentes que começavam a andar, para acostumá-lo por algum tempo a manter o corpo ereto.

Todo o peito estava preso por um colete que se prolongava com uma protuberância redonda logo abaixo da nuca. Dessa maneira, a cabeça permanecia rígida, sem poder virar para a direita nem para a esquerda. O doente andava com o olhar fixo para a frente, tateando o solo como um cego, ou como uma estátua ambulante, iluminada numa atitude solene.

– Hoje é o quinto dia desde que me levantei – explicou o garoto a Emanuel, olhando para o relógio de pulso – e tenho mais um minuto...

Todo dia os doentes curados tentavam caminhar um minuto a mais do que no dia anterior. Ao conseguirem ficar em pé por meia hora, todos aqueles que estavam deitados os invejavam enormemente. Eram considerados os homens mais robustos e ágeis do mundo.

– E o que você quer ser quando crescer? – perguntou-lhe Emanuel ao acaso.

– Aviador – respondeu o garoto, orgulhoso.

O colete até o queixo e o olhar fixo para a frente realmente lhe davam um certo ar de piloto; só faltavam o capacete e os óculos. Existem, na verdade, no aspecto

183

exterior ou nas roupas, pequenos detalhes que antecipam o pensamento interior.

Noutro canto, solene nos rendilhados e no enorme vestido de veludo, reinava no carrinho a "marquesa", tricotando atenta.

Um pouco mais distante, uma tenda fina cobria parte do pátio, e o ar filtrado em seu espaço restrito se tornava mais luminoso e colorido, como num cubo de vidro, encerrando os doentes numa vitrine fabulosa, com corpos aleijados, expostos num museu de figuras de cera. Emanuel meteu a mão por debaixo da camisa e apalpou as costelas com secreta satisfação.

De repente, alguém veio pulando e gritando em sua direção.

Era Katty, a irlandesa ruiva que não via fazia muito tempo. Estava usando um vestido vermelho, simples como um saco por cima do corpo; os seios pareciam se revelar às palpitações de sua respiração.

Toda a sua pele estava queimada pelo sol. Tinha feridas recém-cicatrizadas nos braços e nos ombros; todo o seu corpo não passava de um pedaço de carne esfolada.

– Você está com a charrete aqui? – perguntou ela. – Pode me levar para passear?

Em seguida, rodeando-lhe o pescoço com os braços:

– Está vendo como estou fervendo... Fico todo dia debaixo do sol... estou acesa por dentro como uma tocha e, quando entro no mar, a água chia ao meu redor, como um carvão incandescente atirado para dentro de um copo...

Emanuel chamou um maqueiro para que a embarcasse; Irving foi para a cidade, de modo que ele ficou sozinho com Katty na charrete depois de o empregado ir embora.

– Como é agradável aqui... – disse a moça, espreguiçando-se na charrete, na sombra do toldo. – É como uma pequena alcova...

184

Começou a dar uma risada ruidosa e intermitente.

– E aonde você pretende ir esta manhã? – perguntou ela.

Emanuel se sentia leve e livre.

– Qualquer lugar – respondeu –, qualquer lugar... nesta manhã possuo um corpo perfeitamente disponível... acabei de o reencontrar e não sei o que fazer sozinho com ele...

Katty deu risada, achando graça naquilo.

– Conheço um lugar bem refrescante, perto de Berck... O que acha, vamos passear por lá? – disse ela.

Deixaram a cidade e percorreram durante certo tempo uma estrada rural abandonada, em pleno sol, por entre campos pedregosos e brancos como fundos secos de mar. Katty conduzia o cavalo.

De repente, eles tomaram o caminho por trás de umas casas e atravessaram uma cancela de linha férrea. Entraram numa zona úmida e verde, tão diferente dos campos insípidos que haviam atravessado até então que os trilhos luzidios do aterro pareciam cortar a paisagem em dois, delimitando zonas bem distintas de aridez e de vegetação. Atravessaram com dificuldade um túnel cheio de folhagens e arbustos; o cavalo afastava com a cabeça ramos à direita e à esquerda, dando passos largos na grama alta e silvestre.

Era um caminho escondido que ninguém poderia imaginar entre aquelas densas ramagens. Em seguida, eles entraram num alto aposento feito de sombras. Era um verdadeiro salão de verdor, com um tapete de grama miúda no chão e paredes de salgueiros rumorejantes. Num canto, corria um riacho de sussurro miúdo e vivo como o de uma presença secreta.

Emanuel respirou fundo como se bebesse avidamente de um copo d'água gelado depois de uma sede torturante. Tirou a camisa e ficou de busto nu, deixando-se envolver por aqueles prazerosos lençóis de ar fresco.

Katty amarrou o cavalo a um tronco.

– O que está fazendo, enlouqueceu? – disse ela, fazendo uma careta divertida ao vê-lo nu, e se atirou travessa na grama, espreguiçando os membros como um gato.

Agora mais do que nunca, a posição deitada na goteira, longe da grama fresca e fria, pareceu insuportável para Emanuel; ele também queria rolar no chão...

Com um movimento brusco, ele se ergueu apoiando-se nos cotovelos e agarrou com força um dos arcos do toldo. Em seguida, devagar, com gestos precautos, deslizou uma perna e a colocou no para-lama da charrete. Ele mais caiu do que desceu até a grama. Katty pulou assustada quando o viu.

– Você está louco, realmente louco?! – murmurou ela perplexa, um pouco pálida de susto. – Assim você vai se resfriar terrivelmente – gritou, correndo até a charrete para cobri-lo com o paletó.

Enquanto ele deslizava, as mãos dela atingiram seu peito, arrepiando-o com uma cascata de eflúvios intensos na carne. Havia quanto tempo não sentia o contato de outra mão? Era como se ela houvesse tocado num novo Emanuel, liso e aveludado, dotado de uma pele nova, vibrante e hipersensível. Emanuel rolou na grama, agarrou-lhe subitamente as pernas desnudas e as abraçou, colando o rosto nela e beijando-lhe os joelhos ásperos e rugosos.

– O que está fazendo? O que está fazendo? – gritou Katty, caindo ao lado dele, agachada. – O que está fazendo? – ainda murmurou ela, deixando a cabeça cair na grama, de olhos fechados, com uma respiração pesada de sono, enquanto ele erguia por completo o vestido debaixo do qual, naqueles dias de verão, ela não usava nenhuma outra roupa.

Grudou a boca à sua pele vermelha e queimada de sol, no que ela mais uma vez tentou se debater, permanecendo porém imobilizada sob a força dele. Em seguida, ele enroscou os braços e se atirou num movimento brusco sobre ela, com o peito nu colado aos seus seios ardentes, num debater de movimentos desordenados e selvagens, como numa labareda de chamas vivas, carnais.

CELINA CHEGOU CERTA TARDE À VILA ELSENEUR TRA-
zendo más notícias sobre Isa.

A doença se agravara brusca e inexplicavelmente. Isa
sofria de uma estranha afecção com a qual se infectara no
Extremo Oriente. Sua perna direita inteira eram só feridas
e fístulas abertas. Em vão fizera exames e tratamentos
anos a fio; a carne continuava a se macerar, e a única solução era Isa permanecer deitada na goteira.

Chegavam a Berck muitos doentes assim, que, no
fundo, só tinham necessidade de ficar deitados e de se
encontrar num ambiente de enfermos para suportar melhor seu prolongado suplício.

– Talvez seja necessário amputar a perna – disse Celina,
tentando conter as lágrimas.

Enxugava sempre os olhos com o lenço, mas num movimento incessante. Decerto fazia muito tempo que tra-

zia dentro de si esse choro amargo e convulsivo, e agora surgira a ocasião de liberá-lo.

– Isa sabe? – perguntou Emanuel.

– Ah! Não! Não desconfia de nada... Todos que estamos em volta dela procuramos ocultar a verdade da melhor maneira possível... O médico disse que talvez tenha de passar por uma cirurgia para limpar a área doente, para que em seguida comece a caminhar... E ela ficou contente... tão contente... acha que está quase curada...

Enxugou os olhos, sem parar de suspirar, com soluços que brotavam do fundo do peito.

– Perdão por lhe oferecer tamanho espetáculo...

Calou-se, fitando o assoalho e balançando levemente a cabeça, como se para sublinhar um monólogo interior.

E, depois, lembrando-se bruscamente de algo:

– Vim dizer, da parte dela, que deseja que o senhor a visite... faz tempo que não vai mais...

Emanuel prometeu ir no dia seguinte.

– Ah! Muito bem!... Até amanhã o vestido novo dela estará pronto – disse Celina. – Coitadinha dela... Acha realmente que começará a caminhar e quer um vestido novo... "Um vestido leve de verão, bastante florido", disse-me ela... É claro que eu não quis contrariá-la e mandei fazer. É de uma musselina muito bonita... o senhor vai ver. Por favor, diga a ela que lhe cai bem...

– Quando devo ir?

– Acho que é melhor o mais cedo possível, antes das quatro... porque depois ela costuma ter febre e fica agitada...

—

Emanuel saiu cedo de charrete no dia seguinte. Encontrou uma menina com um cesto de flores. Buquês pequenos, totalmente desprovidos de cor, com plantas miúdas e frágeis que cresciam nas dunas. Comprou alguns deles e depois passou numa floricultura para adicionar alguns cravos mais vermelhos.

Tinha agora um estranho buquê, uma bizarra mistura de cores ternas e de flores vivazes. Isa, ao recebê-lo, segurou-o com força e o manteve colado ao peito; depois, tirou um cravo e o prendeu ao cabelo.

Estava usando o vestido novo, deitada na goteira, sem cobertor. O véu fino de musselina realmente lhe caía bem. Cobria-a para além dos joelhos, mas, ao passo que uma perna saía normal por debaixo do vestido, com meia e sapato, a outra estava toda enfaixada em bandagens grossas de gaze.

Enfiou a flor vermelha atrás da orelha e, olhando-se no espelho, arranjou faceira o cabelo.

Nas faces, a febre desenhara duas manchas grandes, rubras como maquiagem. Com um gesto, ela pôs o cabelo de lado e descobriu a testa. Parecia uma boneca grande deitada numa caminha; uma boneca de perna quebrada que uma garotinha teria embrulhado em tecidos brancos, brincando de hospital.

No quarto, as persianas estavam fechadas e a luz se filtrava pesada com o zumbido miúdo da tarde quente e silenciosa.

Pairava no cômodo o mesmo vago cheiro de purulência, porém mais viciado, talvez mais penetrante que antes. Celina trouxe dois copos grandes de laranjada.

Enquanto a bebiam, um maqueiro entrou para anunciar que alguém aguardava do lado de fora.

– Veio de novo – disse Celina, contrariada. – Por favor, não o receba hoje... Peço-lhe encarecidamente... – disse ela a Isa.

Mas Isa não quis saber de ouvi-la.

– Que entre... diga-lhe que entre... hoje justamente não estou com medo... porque hoje Emanuel está aqui...

E dirigindo o olhar para ele:

– Que grata serei a você se conseguir me livrar dessa obsessão! Mas é impossível... Ele diz que pode me curar pelos corpos astrais... Sabe o que é isso? Forças misteriosas... comunicação com os espíritos...

Falava de maneira confusa e aparentemente um pouco apavorada.

O homúnculo que entrou andava torto, com um ombro redondo e inchado jogado para a frente e com o esterno bastante protuberante. Tinha um rosto horroroso, pontilhado pela varíola, e olhos globulosos, totalmente para fora das órbitas. Usava um casaco velho, grosso, com gola de veludo, e não parecia se incomodar nem um pouco com o calor que fazia.

– Trago boas notícias – disse para Isa, ignorando ostensivamente a presença de Emanuel, estalando os dedos de leve. – Ontem à noite eu me comuniquei com um grande espírito que lhe é favorável.

Sua voz apresentava acentos roucos como leves estertores.

Emanuel vislumbrou de repente, no pescoço do homúnculo, algo negro e, olhando com mais atenção, descobriu que era um percevejo. Foi tomado por um imenso e súbito nojo, misturado a uma compaixão indizível.

Isa, porém, transfigurada, olhava-o comovida, de mãos trêmulas. Era óbvio que o homúnculo lograra dominá-la e aterrorizá-la.

– Vim trazer um sinal por parte do espírito... – continuou o homúnculo, tirando do bolso do colete um pacotinho embrulhado num pedaço de jornal. – É um fragmento de pedra astral. Por favor, guarde-o com cuidado...

Isa o pegou e o escondeu debaixo do travesseiro. Seus dentes começaram a bater de emoção.

– Lamento não poder ficar mais hoje... – acrescentou o

homúnculo. – Esta noite, às 9h25, pense intensamente no espírito... – recomendou, já na soleira da porta.

Finalmente foi embora. Celina o conduziu e conversou com ele mais alguns instantes no corredor.

– Que impostor!... Que ignóbil impostor... – irrompeu Emanuel assim que a porta se fechou. – Celina tem razão: você deveria pô-lo para fora...

Isa o fitou, assustada.

– Tenho medo... Emanuel... ele poderia se vingar de uma maneira terrível.

Naquele momento, Celina retornou, remexeu numa bolsa e logo saiu.

– Aposto que lhe pediu dinheiro – disse Emanuel assim que ela voltou.

– Exato, pediu que eu lhe emprestasse 5 francos.

– Permite que eu veja o corpo astral do papelzinho? – perguntou Emanuel.

Isa o passou a ele. Ele abriu o pacotinho e examinou atentamente seu conteúdo. Em seguida, levou-o ao nariz:

– É um mero pedaço de queijo – disse ele. – Veja a senhora também, Celina.

A cuidadora cheirou também e fez uma careta enojada.

Isa arrancou-lhe o papel da mão e o escondeu debaixo do travesseiro.

Emanuel atingiu o cume da fúria.

– Por que ele vem curar você e não se cura primeiro, se ele de fato se comunica com grandes espíritos? Por quê? Por que anda torto?...

Deu-se conta, porém, de que não seria capaz de convencê-la daquele jeito.

Havia um único caminho a seguir: Emanuel se acalmou e disse a Isa numa voz de súplica:

– Talvez... Sei lá... Talvez o corpo astral tenha realmente um caráter mágico... Gostaria de experimentar em mim mesmo... Por favor, me empreste por alguns dias para eu colocá-lo debaixo do meu corpo... No fundo, nunca se sabe...

Isa lhe confiou o pacotinho e se animou:

– Não é mesmo que você duvida? Isso também me tortura: esse "talvez"... Pode ser que...

Nas faces, suas manchas vermelhas aumentaram, e finas pérolas de suor lhe cobriram as têmporas. Via-se claramente que estava com febre alta.

E num tom de confissão:

– Aliás, sinto-me muito melhor faz alguns dias... Estou com febre... só isso... Mas o que é que isso significa diante do fato de eu me sentir bem?...

Celina saiu do quarto.

– Vou lhe contar um segredo, Emanuel... meu maior segredo. Ontem e hoje ganhei da Celina, nas cartas, um grande número de dias... Joguei com ela hoje pela manhã...

Emanuel olhou-a sem compreender.

– Já explico – retomou Isa. – Mas não conte, por favor, eu imploro, não conte para ninguém... Todo dia jogo cartas com Celina, dizemos que não apostamos nada, mas, no meu pensamento, eu jogo por dias... dias de vida... Os pontos que ganho dela são iguais ao número de dias a mais que a minha vida ganha... subtraídos dos dela. Está entendendo?

Ela se pôs a rir arrepiada, estremecendo, inquieta, como se não pudesse mais dominar seus gestos.

– Nesta manhã, ganhei 314 dias... Que tal? Quase um ano... Ela, claro, não sabe de nada... por isso emagrece, enquanto meu aspecto está cada vez melhor...

Perdera o controle totalmente. Com os dedos esticados, ela se despenteava e passava a mão pela testa.

– Espero que, um dia, eu ganhe todos os dias da vida dela... e que ela, de súbito, do meu lado, se incline exausta e morra... Como uma daquelas bonecas infláveis que murcham devagarzinho ao abrir da válvula... Sim... sim... vou ganhar.

Calou-se por um momento, até que, de repente, muitíssimo agitada:

– Sabe por que vou ganhar?... No fundo, o segredo é esse... Está me ouvindo?... Sabe por quê?...

Quase se sufocou de tanta exaltação.

– Porque... porque eu trapaceio – irrompeu ela.

Estava agora em chamas, com as faces ardentes, com as mãos inquietas.

– Quando eu ficar melhor... vou virar dançarina... Hoje vou lhe dizer tudo, Emanuel... vou dançar nua para você...

Aterrou-se com o que dissera e esbofeteou o próprio rosto.

– O que estou dizendo? Terei enlouquecido?

Emanuel quis sair às pressas do aposento, cada momento se tornava mais embaraçoso.

– Você me compreende, Emanuel... Seremos os maiores dançarinos do mundo. Vamos dançar ao som da música de Bach... Vamos dançar Bach pela primeira vez... Está entendendo? Está entendendo? Vamos revolver os espectadores até o fundo dos intestinos... dos intestinos... dos seus intestinos cheios de mer... O que estou dizendo? O que estou dizendo?

Começou a gritar:

– Ora, não tenho vergonha! Afirmo em alto e bom som que os intestinos deles estão cheios de mer...! Mer...!

Celina chegou rápido até o quarto, assustada.

– Ah! A febre, de novo... – com gestos suaves, ela se aproximou do leito e tentou acalmá-la, esfregando-lhe as têmporas. – Sempre que esse homenzinho vem aqui é a mesma coisa... Começa a se agitar e a delirar.

Isa se deitou de novo, fatigada, sobre os travesseiros, e seus lábios continuaram a murmurar algo ininteligível.

Um maqueiro foi chamado e Emanuel, retirado do quarto.

No corredor, Celina se precipitou atrás dele:

– Ela me mandou... pedir... que a perdoe... insistiu que a perdoe.

– Pelo quê? O que ela fez? – disse Emanuel, sentindo uma tristeza na alma... – Ela é quem deveria me perdoar. E a nós todos... ela é quem deve nos perdoar...

Uma tristeza árida o oprimiu, como um choro seco no fundo do peito, como uma imensa melancolia vespertina.

Na rua, num lugar mais retirado, ele tirou o corpo astral do bolso e o atirou numa valeta.

EMANUEL RECEBEU UMA CARTA.

Paris, 7 de setembro de 19...

Meu amado Emanuel,

Finalmente eis-me de novo em Paris depois de oito anos de ausência. Fugi do sanatório em silêncio e sem me despedir de ninguém. Meus pais vieram de carro e, em meia hora, fui empacotado, amarrado com barbante e atirado no fundo do automóvel. É um conversível lindo, com as últimas novidades e linha aerodinâmica, de modo que, para estar dentro dele, é necessário ficar encolhido, como um prisioneiro no cárcere, com os joelhos na boca. Com relação ao conforto, continuo achando que nada é mais admirável do que uma goteira de doente, sobre a qual se pode estar deitado como um rei, empurrado por trás por um maqueiro calado e sério como um lorde inglês.

O que me surpreendeu primeiro (e de maneira absurda) em Paris foi não ter vislumbrado, em parte alguma, nenhuma charrete com um doente dentro dela. Certo dia encontrei, numa esquina, um inválido em seu carrinho mecânico e quis correr até ele para beijá-lo e apertá-lo nos meus braços como a um irmão. Mas, como você bem sabe, na vida, justamente os gestos que teriam mais sentido são proibidos.

Fitei-o longamente, estranha silhueta daquela combinação metade homem, metade bicicleta.

Talvez a lenda do Minotauro deva ser atualizada.

Ando todo dia pelas ruas e cada passo na calçada ressoa lúcido, forte e independente no meu cérebro, como uma martelada. Nos táxis, só posso me deitar de lado, mas de qualquer modo prefiro me acostumar a andar a pé.

Ontem me aconteceu algo estranho: no portão de uma casa, li um anúncio procurando um desenhista "técnico". Sei desenhar um pouco; a porta estava aberta, eu não podia deixar de entrar, não é mesmo? Tive de subir até o quinto andar. Subi primeiro uma escadaria suntuosa, coberta por um tapete de *plush* e com ornamentos de latão nas margens. Era a escada do primeiro andar. Depois, os degraus diminuíam em elegância e solidez à medida que subia, até que, no último andar, tive de adivinhar, quase no escuro, uma escadinha estreita de madeira cujas tábuas gemiam de tão podres.

Ali também estava o anúncio do portão, mas não havia campainha em parte alguma. Vislumbrei uma porta entreaberta e bati, esperando em seguida. Permaneci assim por alguns minutos, no mais perfeito silêncio da casa desconhecida, apoiado na balaustrada do pavimento e espiando os telhados da cidade por uma janela de mansarda.

Acho que esperei por dez minutos, até bater novamente, mais forte dessa vez. Em seguida, com aquele impulso súbito que se tem diante de uma proibição, abri a porta. Vi-me numa espécie de oficina com janelas grandes, empoeiradas, que não deviam ter sido limpas havia meses. No meio, uma mesa enorme, com desenhos revirados e rolos de papel azul.

Esperei de novo, para depois bater com um esquadro na mesa, e o eco das batidas se perdeu na casa deserta. Ainda havia uma porta fechada diante de mim; é claro que eu devia continuar, até encontrar alguém.

Entrei sem bater. Era um pequeno salão cheio de objetos meio amontoados ao acaso. Num canto, uma grande luminária com pedestal e cúpula de seda rosa... Uma velharia solene ao lado de uma cama cheia de coluninhas e espirais. Dei uma tossidela, fiz barulho, sentei-me num banquinho, mas ninguém aparecia. Seria uma casa abandonada?

Por fim, descobri uma porta que comunicava com o resto do apartamento. Estava coberta por papel de parede, quase invisível... Entrei numa espécie de cozinha com uma mobília modesta. Havia inclusive um resto de salada dentro de uma tigela em cima da mesa. Você não pode imaginar, Emanuel, quão estranho e desolador pode ser um cômodo vazio em que se descobrem vestígios de presença humana... Horrível sensação de desamparo e solidão. Naquele momento talvez eu tenha me dado conta melhor de que os objetos e a decoração, em meio aos quais as pessoas passam as horas mais familiares e essenciais, não pertencem, no fundo, a ninguém... As pessoas passam por eles, só isso, assim como eu também passei insensível por aquela casa desconhecida, sem nenhuma ligação com aquele amontoado de intimidade doméstica espalhado ao meu redor...

Fui embora indizivelmente triste, não sem antes cometer um último gesto completamente absurdo, o único capaz de me salvar da incompreensão em que boiava. No quarto mobiliado no estilo de um pequeno salão, numa das paredes estava pendurado um quadro enorme, com uma moldura dourada, retratando um oficial em pé, apoiado numa espada. Pois então, parei diante dele, tomei a posição regulamentar e o cumprimentei breve e energicamente, à maneira militar. Entendeu? Era o gesto mais estúpido que eu poderia fazer ali, naquele minuto. Era minha homenagem suprema ao cômodo desconhecido e ao oficial anônimo que guardava para si mesmo, na horrenda solidão daquela casa, a razão certa de existir e de se apoiar numa espada. Meus cumprimentos à fotografia desconhecida!

Guardo para o fim algumas notícias realmente sensacionais sobre Tonio. Você talvez saiba que sou muito amigo do irmão dele. Vou com frequência à casa deles. Certo dia, semana passada, fui lá tomar um chá. E, então, aconteceu aquilo que desejo lhe narrar.

Tonio ficou por algum tempo internado numa clínica perto de Paris, para passar por um tratamento que o tranquilizasse. Tudo parecia decorrer maravilhosamente e, faz pouco tempo, ele voltou para casa recuperado por completo. Pelo menos era isso que todos nós achávamos... Eis, porém, que o encontrei mais desesperado, mais deprimido e mais intoxicado do que nunca... Até agora, no entanto, nada contei ao irmão dele sobre o que vi, e nem sei se vou contar; tentarei antes fazer com que Tonio compreenda, embora seja difícil...

Mas voltemos aos acontecimentos: para participar do chá acima mencionado, veio muita gente, inclusive desconhecidos. De repente, a porta se abriu e entrou um jovem engenheiro, conhecido meu, acompanhado de uma mulher alta, loira, embrulhada numa estola branca de arminho... Pois então, fiquei perplexo, boquiaberto, enquanto a xícara tremia na minha mão de tanta emoção... A mulher que entrara se parecia tão espantosamente com a senhora Wandeska que, se não soubesse que ela havia saído mancando do sanatório, eu teria achado que era ela mesma, e teria ido conversar com ela como se fosse uma velha conhecida...

Procurei Tonio pelo rabo dos olhos e o acabei descobrindo num canto do salão, pálido, transfigurado, com o olhar pregado em cima daquela extraordinária e alucinante aparição... Tudo, desde as roupas, do arminho branco, dos gestos rápidos até o riso leve como um tilintar, tudo completava a ilusão e trazia de volta, absolutamente presente, a senhora Wandeska...

Tonio veio até mim, murmurou algumas palavras e se enfiou rápido no quarto dele.

Segui-o até lá.

– Você viu? – sussurrou ele.

– Realmente extraordinário...

– Por favor, me perdoe... – retomou ele. – Tenho uns ajustes a fazer, que não podem mais ser adiados... e vou resolver essa questão na sua presença. Por favor, me perdoe e me compreenda...

Dirigiu-se a um armário, tirou de dentro dele uma caixinha de tampa metálica e a colocou em cima da mesa. Havia dentro dela diversos instrumentos, dentre os quais retirou uma seringa. Escolheu uma agulha, que ele flambou com um fósforo. Em seguida, sem pressa, com movimentos lentos e seguros, como um médico que sabe o que está fazendo, encheu a seringa com o conteúdo de uma ampola, arregaçou a manga e enfiou a agulha fundo na pele...

– Faz tempo que você aplica esse tipo de injeção? – perguntei, assustado.

– Uma enfermeira da clínica em que fiquei para "repousar" me ensinou – disse ele. – É muito melhor e mais eficaz do que, por exemplo, beber álcool...

Calei-me, arrepiado, sem coragem de lhe dar uma bronca. Eu o compreendo e lhe dou razão. Quem sabe?

Talvez até eu mesmo, um dia... Mas não... certamente não... há coisas mais seguras, mais definitivas e ainda mais rápidas do que isso.

Vou deixá-lo, pois estou morto de sono e renuncio até mesmo ao prazer de lhe escrever quando se trata de mergulhar nos sonhos.

Com afeto,

Ernest,
que lhe deseja, se quiser, um rápido restabelecimento.

ALGUMAS SEMANAS SE PASSARAM DESDE QUE EMAnuel visitara Isa. O outono voltara a Berck, com manhãs enevoadas e chuvas miúdas sem fim, envolvendo os quartos com a luz baixa de uma melancolia infinita.

Certo dia, Emanuel teve de se mudar de volta para o sanatório, a senhora Tils deixara a Vila Elseneur para passar o inverno fora dali.

O retorno foi insípido e triste. Emanuel voltou para um sanatório triste e deserto. Quitonce morrera, Tonio, Ernest e Roger Torn haviam ido embora, e Isa estava sendo operada. Passava o dia todo no quarto, com o olhar perdido na vidraça úmida e fria da janela... Agora compreendia melhor e mais profundamente o que Ernest lhe dissera um dia:

– Há momentos em que somos "menos que nós mesmos" e menos que qualquer outra coisa. Menos que um objeto que fitamos, menos que uma cadeira, que uma mesa e que um pedaço de madeira. Estamos por baixo das coisas, no subsolo da realidade, debaixo da nossa própria vida e daquilo que acontece ao redor... Somos uma forma mais efêmera e mais desfeita do que a mais elementar matéria imóvel. Necessitamos de um imenso esforço para compreender a inércia simples das pedras e nos abolirmos, nos reduzirmos ao "menos que nós mesmos" na impossibilidade de realizar aquele esforço.

A senhora Tils veio dizer adeus. Eram dias de despedidas, de abandonos e de arrependimentos. Zed vinha vê-lo de vez em quando. Eram visitas calmantes. Toda a agitação para ele se resolvia, de maneira simples, no ato sossegado de fumar o cachimbo.

No jardim, o verão tinha acabado, a vegetação sofria de uma enfermidade secreta e interior sem, contudo, ser ainda definitiva. As folhas se dobravam de leve, como a mão de um moribundo que crispa um pouco os dedos num espasmo de dor, continuando inerte. Era a fase suprema e embolorada do outono, época de fim, quando os gerânios disseminam com mais força seu perfume amargo, quando as dálias encolhem as pétalas como miúdos fogos de artifício que se apagam aos poucos.

Celina caminhava preocupada pelos corredores. Emanuel a encontrou algumas vezes, mas não ousou abordá-la, mesmo porque nem parecia estar vendo algo diante dos olhos.

Certa vez, porém, no fim da tarde, ela foi até o seu quarto. Emanuel estava com a luz apagada, cochilando. Celina tentou falar, mas começou a choramingar:

– Finalmente um lugar em que posso chorar... – disse ela.

Sentada na cadeira, apoiou a cabeça no braço e parecia ter adormecido, não fossem os suspiros que a chacoalhavam vez ou outra.

– E como vai Isa? – perguntou Emanuel.

– Isa vai muito mal... muito pior do que antes, agora, depois da cirurgia... Escorre como um chafariz... É horrível, sobretudo ao se fazer o curativo, pela manhã. Antes gritava, agora nem consegue mais gritar... No lugar em que soltaram a perna da coxa ficou uma ferida do tamanho da cabeça de uma criança... carnes escancaradas e esfarrapadas... Horrível, horrível...

Falava com a voz trêmula e parecia obcecada por visões atrozes.

– Quis guardar a perna dela, mas não deixaram. Durante todo o tempo da cirurgia, fiquei na porta da clínica, à espreita... Isso mesmo, queria pegar a perna e conservá-la em álcool... Fiquei com essa ideia na cabeça...

– E não lhe deram? – perguntou Emanuel.

– Claro que não... aliás, é melhor assim... Quando Eva saiu da sala com ela, sinceramente, eu achei que estivesse segurando um buquê de flores nas mãos. Era assim que a perna parecia, enfaixada em gaze e algodão ensanguentado... Um magnífico buquê de rosas... ah! Que louca!... Quando percebi que era a perna de Isa, disparei atrás de Eva. Levou-a para o subsolo, para incinerá-la no calorífero. O que acha disso? Incinerá-la, atirá-la ao fogo... Senti que enlouquecia... Até agora tenho a impressão de vê-la em chamas... isso não me sai da cabeça... Vejo como incandesce e se consome... sobretudo aquele momento atroz, em que a chama chega à sola e os dedos se separam bruscamente, como fazemos ao cortar as unhas...

Agora contava devagar, como para se livrar de um terrível peso.

– Delira sem parar... nem sempre entendo o que diz... Insiste sempre em jogar cartas comigo...

Emanuel recordou o que Isa lhe contara.

– Por favor, jogue com ela – disse ele. – E deixe-a ganhar o máximo possível...

Alguns dias se passaram em calmaria. Isa dormitava o tempo todo. Era um sono benéfico, afirmou o médico.

Emanuel saiu de charrete na praia. Sentia-se sufocado no sanatório, preferindo ficar horas a fio na chuva, com a capota da charrete erguida, à margem do oceano, a permanecer em seu quarto branco e triste. Solange agora o acompanhava de novo, mas como amiga, calma, calada, com gestos precautos e discretos, conversando com ele aos sussurros como se ambos temessem despertar algo amargo e doloroso que estivesse prestes a eclodir entre os dois...

Certo dia, eles encontraram na praia umas crianças que, ruidosamente agrupadas, levavam algo encontrado na areia. Uma medusa morta, um enorme pedaço de carne gelatinosa e transparente, com um cheiro acre de peixe e iodo. Solange estremeceu, arrepiada. Emanuel pegou o animal, e seu peso grudento aderiu estranhamente à pele. Foi permeado até os miolos por aquele frio mole e úmido. Fechou os olhos, um pouco comovido.

– Sinto a minha alma como este pedaço de vida inerte e repugnante – murmurou ele. – Berck tem dessas aparições reveladoras... Mas que cheiro de putrefação exala!...

E Emanuel se lembrou de sua última visita a Isa, do cheiro de purulência impregnado no quarto... Devolveu a medusa e decidiu voltar para o sanatório. Ficara extremamente impressionado com aquele cadáver oceânico, como uma espécie de pressentimento real, materializado numa massa de carne úmida e fria.

Isa estava se sentindo muito pior. Começou a ser alimentada por tubos e balões de oxigênio; a aparição da medusa fora de fato misteriosamente significativa.

Depois, numa noite, Isa morreu.

Celina foi logo até o quarto de Emanuel levar algumas coisas da morta, que ela lhe dera para guardar.

205

– Ela me pediu que eu desse isso ao pai dela, mas tenho medo de guardar lá... é capaz de se extraviar agora, naquela bagunça...

Estava quase calma e não derramava uma só lágrima.

– Ela está tão branca, bonita e tranquila deitada em sua cama. Acho que enfim encontrou um pouco de sossego. Parece dormir em plena felicidade...

Emanuel se debateu a noite toda em sonhos amargos e alucinantes. No quarto, parecia ter-se espalhado um ar entorpecedor e podre como a gelatina da medusa...

... Apesar de tudo, o sol batia lá fora; um sol extraordinariamente branco e brilhante num céu limpo de verão. Emanuel se encontrava no meio de um ginásio esportivo. Mas as arquibancadas estavam vazias. Estava sozinho, completamente sozinho na pista asfaltada. Em pleno sol. E de repente apareceu Zed, aos pulos. Estava vestido com seu uniforme de corrida, com uma camiseta vermelha ostentando uma enorme inicial.

– Está vendo... estou curado, comecei a andar – disse ele.

Então Emanuel o olhou com mais atenção e descobriu seus estranhos pés. Quando haviam sido amputados? Só haviam sobrado as tíbias dos joelhos para baixo; os pés haviam sido suprimidos e, no lugar deles, foram aplicados na articulação com a perna pedaços redondos de lata, parecidos com tampas de caixa de conserva. Por isso, quando saltava no asfalto, fazia um ruído metálico insuportável... Pac!... Pac!... Pac!...

E Zed foi embora como se andasse em pernas de pau. Estava tão quente que o sol fazia o asfalto derreter. Aos poucos, o ginásio se transformou num alcatrão morno e mole... Quanto mais Zed se distanciava, mais profundamente imergia no asfalto... Até os joelhos... até as coxas... até cobrir-lhe a cabeça... No lugar em que ele desapareceu, surgiu na calçada uma folhinha delgada e transparente de pele rosa, como uma bolha d'água num pé queimado...

—

Naquela manhã, Emanuel foi levado à clínica a fim de ser examinado pelo doutor Cériez, que o achou muito pálido e diferente.

– O que você tem? – perguntou o médico. – Por favor, conte-me tudo... fico preocupado tanto com sua saúde moral quanto com a das vértebras...

Emanuel tinha lágrimas nos olhos.

– É impossível permanecer em Berck... estou completamente transtornado... destruído pela tristeza da cidade... toda a melancolia do mundo se acumulou aqui...

O médico ficou calado, pensando intensamente em algo.

– Que tal você sair daqui? Fazer, por exemplo, uma pequena pausa e ir para a Suíça por alguns meses. Acho que uma mudança de ambiente lhe faria bem...

– Também tenho pensado muito nisso – disse Emanuel. – Mas como posso ir deitado assim, na goteira?

– Isso é muito simples – sorriu o médico. – Tem um expresso noturno direto de Boulogne até Genebra... tome o trenzinho de Berck ao anoitecer até a estação ferroviária de ligação, e lá você será embarcado num compartimento especial do expresso... e desembarcado no dia seguinte na estação final. Você pode ir eventualmente na companhia de uma enfermeira... há enfermeiras suíças em Paris que acompanham doentes e que sempre percorrem o trecho entre Paris e Genebra... Posso me informar.

Emanuel decidiu partir em uma semana.

DIA DA PARTIDA, DIA DOS ÚLTIMOS CONFRONTOS.
Emanuel saiu de charrete para rever os velhos lugares conhecidos.

Primeiro, nas dunas, a Vila Elseneur. Era uma tarde tépida e ensolarada de outono, como um ano antes, quando chegara a Berck.

Despediu-se do taberneiro, da taberneira e de alguns marinheiros... Brindaram com absinto, e o pessoal desejou a Emanuel o restabelecimento de sua saúde. Em pleno sol, naquele deserto de dunas, as palavras soavam bizarras. Em algum lugar, naquela tarde, jazia debaixo da terra, sepultada, uma moça branca, de cabelo em franjas, que prendera uma vez, faceira, um cravo vermelho atrás da orelha. E também um homem envelhecido prematuramente, que lhe mostrara umas fotografias pornográficas. Em que realidade existiam aquelas dunas, aquela luz quente do sol e ele mesmo, Emanuel, na charrete?... com aquelas mãos vivas... com olhos que veem... com o zumbido límpido da tarde na cabeça? A desolação do mundo se tornara infinita.

Dirigiu-se até a margem da cidade, onde Celina morava com a irmã e o cunhado, pescador, numa casinha humilde e tão baixa que o beiral podia ser alcançado com a mão.

No quintal, redes de pesca secavam ao sol.

Celina, corcunda, atravessou a portinha como se saísse de uma toca. Em poucos dias, seu rosto enrugara como um fruto seco e podre.

Conversaram sobre Isa, com recordações tão calmas e puras que a melancolia deles parecia algo luminoso, secreto e tranquilo no silêncio imaculado daquela tarde; um brilho a mais, uma severa iluminação dos corações.

– Lamentei que tiveram de sepultá-la sem a perna... – disse ela. – Foi demasiado triste... e desolador. Contudo, tentei esconder o tormento daquela visão e, no lugar da perna amputada, coloquei no caixão um arranjo de flores... lírios e angélicas... suas flores prediletas...

Emanuel ainda passeou por algum tempo pelas ruas estreitas e tristes da cidade. Depois, voltou à clínica para os últimos preparativos de viagem. Seria levado até o compartimento do trem por dois maqueiros, e a enfermeira suíça havia chegado de Paris para acompanhá-lo até o fim da jornada.

Ao anoitecer, na plataforma da estação, ainda veio vê-lo o doutor Cériez.

Já estava instalado fazia alguns segundos no trenzinho de Berck quando Solange irrompeu no vagão, desnorteada com o atraso.

Veio arquejante até ele e, com voz baixa, mal teve forças de murmurar algumas palavras.

– Por favor, esqueça, Emanuel – disse ela. – Esqueça tudo... em especial aquela noite horrenda... Esqueça esta cidade... esqueça as dores daqui...

Inclinou-se sobre ele e o beijou na testa; em seguida, deixou apressada o compartimento, para não rebentar num choro.

Devagar, o trenzinho se pôs em movimento, sacolejando nos trilhos.

A enfermeira começou a tricotar à luz fraca da lâmpada.

Emanuel permaneceu inerte por alguns minutos; depois, se ergueu apoiando-se nos cotovelos e olhou para fora, pela janela.

Ao longe, a cidade, como um navio que afunda, desaparecia no escuro.

Posfácio
Fernando Klabin

Max Blecher, escritor até pouco tempo desconhecido dos leitores e estudiosos brasileiros, nasceu na distante província romena da Moldávia no ano de 1909, no seio de uma próspera família judia estabelecida na pequena localidade de Roman.

Entre 1920 e 1928, o adolescente frequentou uma das mais renomadas instituições de ensino do país, o liceu Roman Vodă, concluindo os estudos como um dos melhores alunos. Conforme relatos da irmã, desde os 12 anos o jovem demonstrava veleidades de poeta e ensaísta, consultando-se com seu professor de literatura romena e dedicando-se a uma revista literária na escola. A partir de 1929, aos 19 anos, ele passou a contribuir para a revista *Bilete de Papagal*, conduzida pelo poeta modernista romeno Tudor Arghezi (1880-1967), que lhe possibilitou a estreia literária. Isso já revela, segundo Doris Mironescu, atualmente o mais importante exegeta do escritor romeno, leituras e interesses bem definidos, motivados por um contato prévio com mestres do modernismo romeno.[1]

É naturalmente impossível dizer se tal interesse, que poderia caracterizar qualquer bom aluno, constituiria indícios da formação de um importante nome das letras romenas. O próprio Blecher se perguntou, em missiva endereçada à pintora Lucia Demetriade-Bălăcescu (1895-1979), se acaso sua sensibilidade artística não se deveria à terrível enfermidade que o acometera: "De fato, sou demasiado desprezível num mundo tão belo e, certamente, é um crime ter um coração estranho, sensível, por exemplo (ah!, penso, é terrível, se eu não tivesse ficado doente, isso tudo hoje não existiria)"[2]. Caberia indagar se a doença de Blecher teria especialmente acentuado ou ainda desencadeado e alimentado sua tendência criativa.

Em 1928, ao deixar sua provinciana Romênia – berço incômodo para outros grandes nomes da literatura europeia, igualmente de origem judaica e que encontraram guarida na França, tais como Tristan Tzara (1896-1963); Isidore Isou (1925-1963); Benjamin Fondane (1898-1944) ou Gherasim Luca (1913-1944) – rumo aos estudos de Medicina na França, o jovem cujos ávidos horizontes se abriam para a vida é brutalmente diagnosticado com o mal de Pott, tuberculose nas vértebras que haveria de entrevá-lo na posição horizontal até sua morte, dez anos mais tarde.

É dessa posição malograda que Max Blecher, estudante que sonhava conquistar a Cidade Luz de todos os "ismos", ora condenado a uma vida de abscessos, fístulas e dores

---

1 Doris Mironescu, *Viaţa lui M. Blecher. Împotriva biografiei*, Iasi, Timpul, 2011, pp. 41-44.

2 Mădălina Lascu (org.), *M. Blecher, mai puţin cunoscut*, Bucareste, Hasefer, 2000, p. 165.

lancinantes, viu o mundo e o registrou, com sua lente singular, em três romances e um livro de poemas que nos legou a partir de seu leito em sanatórios na França, na Suíça e em sua Romênia natal.

Foi também de seu "esquife ambulante" – expressão com que designou as macas de rodas usadas nos sanatórios para enfermos como ele – que Blecher se manteve atualizado quanto às novidades artísticas, intelectuais e culturais do centro europeu, em especial o ambiente parisiense, adquirindo livros e assinando os mais relevantes periódicos, que resenhava na imprensa romena, além de alimentar uma frenética correspondência com vários escritores e pensadores romenos e intelectuais estrangeiros. Para avaliarmos o alto nível de interesse e de atualização que o jovem intelectual romeno acamado alimentou em relação ao burburinho cultural ocidental, basta mencionar sua contribuição para a edição de abril de 1935 da revista romena *Frize*. Ali, ele comentou o romance *Flush*, de Virginia Woolf, o volume de poemas *La rose publique*, de Paul Éluard, e o mais recente número da revista parisiense de inspiração surrealista *Minotaure*, contendo contribuições de Valéry, Breton, Salvador Dalí etc.

A vivência com a doença, sobretudo no sanatório francês de Berck-sur-Mer, "cidade da imobilidade", às margens do Atlântico, permitiu a Blecher aprofundar, ampliar e atualizar suas leituras, além de conviver com alguns enfermos ilustres, como o poeta francês Pierre Minet (1909-1975), um dos fundadores da revista *Le Grand Jeu*, formada por surrealistas dissidentes, a quem dedicou um poema. Essa experiência contribuiu para seu amadurecimento como escritor e acabou por se refletir na temática de seus dois últimos romances. Em Berck-sur-Mer, deu-se a transformação do jovem bem informado quanto ao modernismo romeno no poeta que adere à causa surrealista, tanto quanto permitiu sua distância geográfica do foco dos grandes eventos vanguardistas.

O primeiro fruto dessa metamorfose foi o poema em prosa "L'inextricable position" [A inextricável posição], enviado a André Breton em 1931 e publicado no número 6, de 15 de maio de 1933, da renomada revista parisiense *Le Surréalisme au service de la révolution*, ao lado de outras contribuições assinadas por Luis Buñuel, Yves Tanguy, Max Ernst, René Char, Tristan Tzara, Hans Arp e Benjamin Péret – notável façanha para um jovem paralisado nos confins da Europa:

> Um grande ferimento adentrava meu peito até o coração. Era a mesma úlcera de antigamente, mas ela havia mudado de significado; eu mesmo estava ligado à carne por dores e indignidades novas. Um cavalo participava desse pensamento, ou melhor, o olho de um cavalo que tinha como excrescência uma cabeça minúscula, parecida com a grande, mas mais pálida e visivelmente mais sofrida (os negros frequentemente têm bonecas dessas em seus braços). De resto, eu estava nu até a cintura, uma calça fina de papelão cobria rigidamente minhas pernas, de tal forma que a rua inteira (assistindo àquele instante tão irremediavelmente como o cavalo) me tomou como um religioso em busca de um lugar tranquilo para se desfazer de seus anéis.

Segundo Doris Mironescu, é pouco provável que Pierre Minet – autor do livro de poemas *Circoncision du cœur* (1928), e que se viu obrigado a se internar diversas vezes em Berck, entre 1930 e 1934, vítima de tuberculose óssea – tenha influenciado Max Blecher no plano literário, pois as obras de ambos praticamente não apresentam nenhum ponto de convergência. Por outro lado, graças à experiência de Minet na *Grand Jeu* e na dinâmica dos bastidores do movimento surrealista, é bem possível que Blecher tenha compreendido, de forma mais íntima, o fenômeno literário francês, até então a ele provavelmente menos acessível. O impacto dessa breve convivência foi registrado de modo fugaz, mas inequívoco, numa entrevista concedida por Blecher e publicada em 1937 pela revista romena *Rampa*. Nela, confessou que o encontro com Minet foi um dos dois mais importantes de sua vida.

Blecher dedicou a Minet o seguinte poema, intitulado "Umblet" [Passeio]:

Pisando sempre na frente as sombras dos meus passos morrem	*Păşind mereu înainte umbrele paşilor mei mor*
Como a trajetória de um cometa de escuridão	*Ca traectoria unei comete de-ntuneric*
E o asfalto atrás de mim me suprime	*Şi asfaltul în urma mea mă suprimă*
Com tudo o que fui e tudo o que pensei	*Cu tot ce-am fost şi tot ce-am gândit*
Como um prestidigitador	*Ca un prestidigitator*
Decidido a escamotear minha vida.	*Menit să-mi escamoteze viaţa.*
Há uma fileira correta de casas	*E o înşirare corectă de case*
Nesse caminho que contudo	*Pe drumul ăsta care totuşi*
Deve significar algo	*Trebuie să însemne ceva*
Há um céu sem cor sem cheiro sem carne	*E un cer fără culoare fără miros fără carne*
Por cima dos meus passos sem importância	*Peste paşii mei fără importanţă*
De olhos fechados ando numa caixa preta	*Cu ochii închişi umblu într-o cutie neagră*
De olhos abertos ando	*Cu ochii deschişi umblu*

numa caixa branca	*într-o cutie albă*
E por mais que me esforce	*Și oricât m-aș căzni să*
em compreender algo	*înțeleg ceva*
Pesados martelos na minha	*Ciocane grele-n cap îmi*
cabeça esmagam qualquer	*sparg orice gând*
pensamento	

Em 1934, Blecher publicou o livro de poemas *Corpo transparente*, do qual faz parte o referido poema "Umblet"; em 1936, o romance *Acontecimentos na irrealidade imediata*, muito bem recebido pela crítica local da época; o ano de 1937 testemunhou a publicação de sua última obra publicada em vida, *Corações cicatrizados*, igualmente elogiado pela crítica contemporânea.

Não chegam a meia dúzia as resenhas contemporâneas sobre *Corpo transparente* que Mădălina Lascu conseguiu compilar.[3] Muito provavelmente por não haver outras. O opúsculo de esmerado projeto gráfico, contendo quinze poemas, foi publicado numa edição reduzida para bibliófilos. As resenhas identificaram seus promissores versos como tributários da vanguarda romena e perfeitamente inseridos no movimento modernista. E nada mais. O próprio Blecher considerou esse livro uma obra de início de carreira, mantendo com ela uma relação toda especial: "Amo-a porque nela está o meu coração como se dentro de uma taça"[4]. O poeta vanguardista Saşa Pană, amigo pessoal de Blecher, parece ter sido o único a situar claramente, em artigo publicado na revista romena *Adam*, de 1939, a poesia do colega de ofício no movimento surrealista, afirmando existir, naquela pequena joia consti-

---

3 Mădălina Lascu (org.). *M. Blecher, mai puțin cunoscut*, pp. 215-220.
4 Gheorghe Glodeanu, *Max Blecher şi noua estetică a romanului românesc interbelic*, Cluj-Napoca, Limes, 2005, p. 115.

tuída pela coletânea de poemas, uma visão outra que não aquela da vida cotidiana, uma transformação radical da matéria e do pensamento, "tão cara aos surrealistas"; e cita os seguintes versos, de três poemas diferentes, para avalizar sua afirmação:

Teu invólucro	*Învelişul tău*
Como um pássaro no ninho	*Ca o pasăre în cuibul*
do coração	*inimii*
Te banhas em rios de sangue	*În râuri de sânge te scalzi*
E voas pelas pontas dos	*Şi zbori prin vârful*
meus dedos.	*degetelor mele.*
Tuas mãos nas vértebras	*Mâinile tale pe vertebre*
como dois cavalos	*ca doi cai*
De casco de rosas,	*Cu copita de trandafiri,*
Tuas mãos no azul do céu	*Mâinile tale în azur*
como dois pássaros	*ca două păsări*
De asas de seda	*Cu aripi de mătasă*
O cavalo entra o cavalo sai	*Calul intră calul iese*
Por entre árvores frutíferas	*Printre arbori roditori*
Com orelhas de ar	*Cu urechi de văzduh*
E brincos de pardal	*Şi cercei de vrăbii*
O cavalo sai para o mundo.	*Calul porneşte în lume.*

Segundo Doris Mironescu, a poesia de *Corpo transparente*, embora constitua a estreia do autor no mundo literário, não deve ser negligenciada, tratando-se do "produto de um escritor em pleno processo de autodefinição". A seu ver, dos quinze poemas que compõem o livro, apenas dois poderiam ser definidos como surrealistas, a maioria deles perdendo-se entre o *nonsense* poético bretoniano e a balada macabra pós-romântica e decadentista. Haveria, porém, fortes tendências experimentais, perfeitamente inesperadas num estreante. Menos de um mês após a publicação, Blecher confiou, por carta, a Saşa Panǎ, o fato de não se reconhecer mais naqueles poemas, tencionando compor outra coletânea, intitulada *A grama dos sonhos*, que infelizmente jamais se materializou.

Max Blecher se aventurou também no campo da tradução. Traduziu para o francês, entre outros, poemas do romeno George Bacovia e, dentre suas traduções que chegaram até nós do francês para o romeno, as mais importantes talvez sejam as de dois poemas, publicados em 1935 pela revista *Frize* – "Le départ" e "Carte postale", de Guillaume Apollinaire, que constam no volume *Caligramas, Poemas da paz e da guerra (1913-1916)*.

Ambos os poemas devem ter fascinado Blecher, provavelmente não devido à sua nítida carga circunstancial relacionada aos acontecimentos da Primeira Guerra Mundial, mas antes por causa do teor poético de seus melancólicos versos, construídos com imagens e rimas delicadas que devem ter encontrado eco na estrutura do eu lírico do poeta romeno. Embora contemporâneo daquela guerra, Blecher era criança enquanto os embates se desenrolaram. Lutas sanguinolentas foram travadas em 1917 em sua Moldávia natal, onde se refugiou a corte romena, uma vez que a capital, junto a todo o sul do país, foi conquistada por tropas alemãs em dezembro de 1916. Não é possível que sua infância não tenha sido contaminada pela emoção daquelas batalhas que se davam a menos de 200 quilômetros de sua casa em Roman – bem como pelo surgimento, em 1918, da "Grande Romênia", quando Blecher contava 9 anos de idade, ocasião em que o país passou a se vangloriar de ter o território dobrado e 25% de sua população constituídos por minorias étnicas.

De qualquer modo, traduzir dois poemas do soldado--poeta Apollinaire – que cunhou o termo "surrealismo" em 1917 por ocasião da estreia do balé *Parade* – parece demonstrar e comprovar o nível de sofisticação e de alinhamento com a história da vanguarda cultural europeia por parte do jovem escritor romeno, que acompanhou o movimento surrealista com vivo interesse.

Seu terceiro e último romance, *A toca iluminada*, por muitos críticos considerado sua obra-prima, só veio a ser publicado, postumamente, em 1971, num momento de relativa abertura política, depois de Blecher ser silenciado por mais de duas décadas devido à incompatibilidade de sua literatura com os valores estéticos do regime comunista, instaurado à força na Romênia, em 1948, pela União Soviética. Em seguida, o nome de Blecher caiu de novo no esquecimento até a desintegração do regime ditatorial, em dezembro de 1989.

Em seus poucos anos de vida, Blecher foi capaz de legar uma obra ficcional que, embora relativamente pequena, lhe garantiu um lugar de destaque não só no panteão da literatura romena como também entre os grandes nomes da literatura mundial. Frequentemente comparado pela crítica especializada a Bruno Schulz, Franz Kafka ou Robert Walser, Max Blecher tem sido avidamente redescoberto, tanto pelo mundo acadêmico como pelo público em geral, ao longo dos últimos anos. Na Romênia, sua obra tem se tornado objeto de um crescente número de estudos, tendo até mesmo inspirado uma adaptação de *Corações cicatrizados* para o cinema, por Radu Jude (lançado em 2016). Traduções de sua obra, parciais ou integrais, já foram publicadas em alemão, croata, dinamarquês, espanhol, francês, holandês, húngaro, inglês, italiano, polonês, português, sueco e tcheco.

MAX BLECHER Um dos principais nomes da literatura romena, Max Blecher nasceu em 1909 na província da Moldávia. Em 1928, estudava Medicina em Paris quando foi diagnosticado com o mal de Pott, a tuberculose óssea que o imobilizaria e causaria sua morte dez anos depois. Por causa da doença, passou temporadas em sanatórios na França (Berck-sur-Mer), na Suíça e na Romênia.

Ligado aos autores modernistas romenos, começou a escrever para revistas literárias em 1929. Aproximou-se do movimento surrealista na França e, em 1935, teve um texto publicado na revista de André Breton. Morreu aos 28 anos, deixando um livro de poesia, *Corpo transparente* (1934), três romances – *Acontecimentos na irrealidade imediata* (1936), *Corações cicatrizados* (1937) e *A toca iluminada* (publicado postumamente, em 1971) –, além de contos, resenhas, artigos e traduções.

FERNANDO KLABIN Tradutor, é formado em Ciência Política na Universidade de Bucareste, Romênia, com mestrado em Letras sobre a obra de Max Blecher (Universidade de São Paulo – USP, 2018). Do mesmo autor, traduziu *Acontecimentos na irrealidade imediata* (Cosac Naify, 2013).

A coleção ACERVO publica os títulos do catálogo da editora CARAMBAIA em novo formato. Todos os volumes da coleção têm projeto de design assinado pelo estúdio Bloco Gráfico e trazem o mesmo conteúdo da edição anterior, com a qualidade CARAMBAIA: obras literárias que continuarão relevantes por muito tempo, traduzidas diretamente do original e acompanhadas de ensaios assinados por especialistas.

CIP-BRASIL. CATALOGAÇÃO NA PUBLICAÇÃO / SINDICATO NACIONAL DOS EDITORES DE LIVROS, RJ /
B588c / Blecher, Max, 1909-1938 /
Corações cicatrizados / Max Blecher; tradução e posfácio Fernando Klabin.
[2. ed.] São Paulo: Carambaia, 2019.
224 pp; 20 cm. [Acervo Carambaia, 6] /
Tradução: *Inimi cicatrizate*
ISBN 978-85-69002-54-3 / 1. Ficção romena. I. Klabin, Fernando.
II. Título. III. Série.
19-55705 / CDD 859 / CDU 82-3(498)

Vanessa Mafra Xavier Salgado
Bibliotecária – CRB-7/6644

Primeira edição
© Editora Carambaia, 2016

Preparação
Liana Amaral

Esta edição
© Editora Carambaia
Coleção Acervo, 2019

Revisão
Tamara Sender
Ricardo Jensen de Oliveira

Título original
Inimi cicatrizate
[Bucareste, 1937]

Projeto gráfico
Bloco Gráfico

DIRETOR EDITORIAL Fabiano Curi
EDITORA-CHEFE Graziella Beting
EDITORA Ana Lima Cecilio
EDITORA DE ARTE Laura Lotufo
ASSISTENTE EDITORIAL Kaio Cassio
PRODUTORA GRÁFICA Lilia Góes
GERENTE ADMINISTRATIVA Lilian Périgo
COORDENADORA DE MARKETING E COMERCIAL Renata Minami
COORDENADORA DE COMUNICAÇÃO E IMPRENSA Clara Dias
ASSISTENTE DE LOGÍSTICA Taiz Makihara
AUXILIAR DE EXPEDIÇÃO Nelson Figueiredo

Fontes
Untitled Sans, Serif

Papéis
Pop Set Black 320 g/m²
Munken Print Cream 80 g/m²

Impressão
Ipsis

Editora Carambaia
rua Américo Brasiliense,
1923, cj. 1502
04715-005 São Paulo SP
contato@carambaia.com.br
www.carambaia.com.br

ISBN
978-85-69002-54-3